JN228477

サブ・ウェイ

Sub-way

佐野広実

Hiromi Sano

PHP

サブ・ウェイ——目次

装丁：西村弘美
装画：出口えり

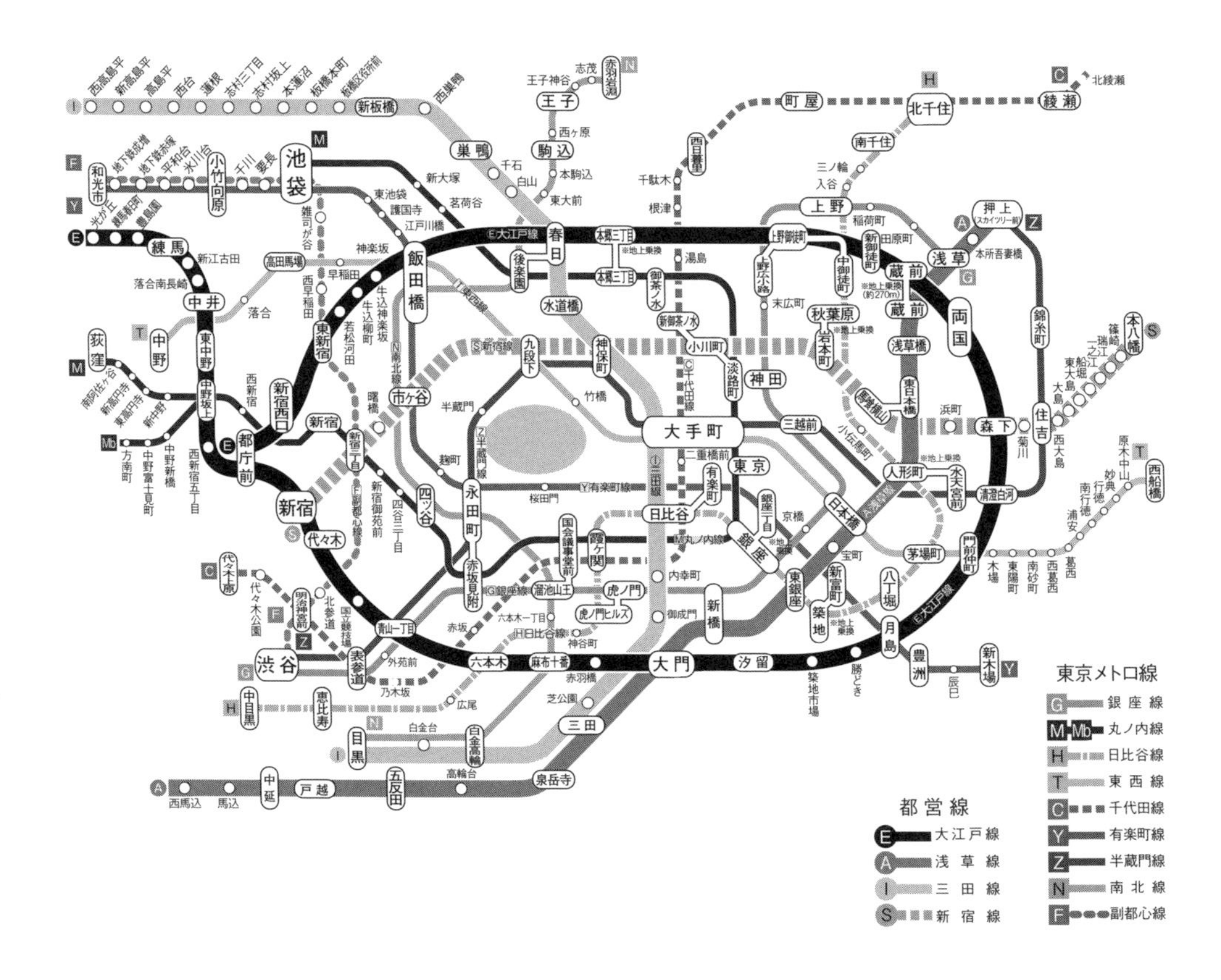

都営線
大江戸線
浅草線
三田線
新宿線
東京メトロ線
銀座線
丸ノ内線
日比谷線
東西線
千代田線
有楽町線
半蔵門線
南北線
副都心線
西高島平
新高島平
高島平
西台
蓮根
志村三丁目
志村坂上
本蓮沼
板橋本町
板橋区役所前
新板橋
西巣鴨
巣鴨
千石
白山
王子
王子神谷
志茂
赤羽岩淵
西ヶ原
駒込
本駒込
東大前
和光市
小竹向原
千川
要町
池袋
光が丘
練馬
新江古田
落合南長崎
中井
落合
中野
荻窪
東中野
中野坂上
西新宿
新宿西口
都庁前
新宿
代々木
東池袋
護国寺
江戸川橋
新大塚
茗荷谷
雑司が谷
西早稲田
早稲田
神楽坂
高田馬場
東新宿
若松河田
牛込柳町
牛込神楽坂
飯田橋
春日
後楽園
水道橋
本郷三丁目
湯島
千駄木
根津
西日暮里
町屋
北千住
綾瀬
北綾瀬
南千住
三ノ輪
入谷
上野
稲荷町
田原町
浅草
押上
本所吾妻橋
上野御徒町
上野広小路
新御徒町
中御徒町
蔵前
両国
末広町
秋葉原
岩本町
御茶ノ水
新御茶ノ水
小川町
淡路町
神田
九段下
神保町
竹橋
大手町
三越前
浜町
森下
菊川
住吉
錦糸町
東日本橋
馬喰横山
浅草橋
小伝馬町
人形町
水天宮前
清澄白河
茅場町
八丁堀
門前仲町
木場
東陽町
南砂町
西葛西
葛西
浦安
南行徳
行徳
妙典
原木中山
西船橋
篠崎
瑞江
一之江
船堀
東大島
大島
西大島
本八幡
市ケ谷
曙橋
新宿三丁目
新宿御苑前
四谷三丁目
四ツ谷
半蔵門
麹町
永田町
赤坂見附
国会議事堂前
溜池山王
霞ケ関
虎ノ門
虎ノ門ヒルズ
桜田門
日比谷
有楽町
二重橋前
東京
銀座
銀座一丁目
京橋
宝町
東銀座
新富町
築地
月島
豊洲
辰巳
新木場
勝どき
築地市場
汐留
大門
新橋
内幸町
御成門
芝公園
三田
泉岳寺
高輪台
五反田
戸越
中延
馬込
西馬込
白金台
白金高輪
目黒
恵比寿
中目黒
広尾
六本木
麻布十番
赤羽橋
神谷町
六本木一丁目
赤坂
青山一丁目
外苑前
乃木坂
表参道
渋谷
明治神宮前
北参道
国立競技場
代々木上原
代々木公園
中野新橋
中野富士見町
方南町
中野坂上
新中野
東高円寺
新高円寺
南阿佐ケ谷
※地上乗換
※地上乗換(約270m)

第一話　誰を探していますか

一

バックヤードから事務室を抜けて駅の構内に戻り、乗客にまじって勤務を再開する。はた目には、落とし物でもして事務室に問い合わせていた客が出てきたとしか、見えないはずだ。

穂村明美（ほむらあけみ）はデイパックをかつぎ直し、ホームに向かった。

まだ夕方のラッシュにはかかっていないので、地下鉄銀座駅にさほど人は行き交っていない。春先とはいえ、きょうは冷え込んでいるから車両にも駅にも暖房が入っている。そのせいで少しのぼせてしまったらしい。休憩所で化粧を直し、セーターを脱いできた。

エスカレーターを降り、日比谷線のホームに出ると、ちょうど北千住（きたせんじゅ）行きが出発して行ったところだった。

明美はベンチに腰を下ろし、それとなく周囲に視線をやった。

勤務のメインは列車内の警備だが、駅構内にも注意を払っておくのが基本だ。

この仕事に就いて三か月目に入った。

やっと慣れてきた気がする。半日ずっと地下鉄に揺られて路線を行き来するだけだが、それなりに神経を使う。

決して楽な仕事とはいえなかった。

一般職員のように、列車で移動するとき立っていなくてはならない、といった厳しい規則はないが、乗客に気取られないように、なにかあったときには迅速（じんそく）に、が原則だ。

中目黒（なかめぐろ）方面行きの列車が来る、とアナウンスが入った。

中年の女性が、明美の降りてきたエスカレーターからこちらに向かってくるのに気づいたのは、そのときだった。落とし物でもしたのか、眉をひそめて周囲をうろうろしている。余所（よそ）行きの服装ではない。

スラックスにブラウス、その上から焦げ茶色のカーディガンをはおっていた。手にはデパートの紙ショッパーを提げている。が、かなり古びていて、きょう買い物に行ってきたというわけではなさそうだ。そのデパートはたしか五、六年前にショッパーのデザインが変わったはずだが、手に提げていたのはフランス国旗のような色使いの、以前のデザインだった。中に入っている物まではわからない。

声をかけようかと思ったが、その前にあちらから明美に目を止めて近寄ってきた。

「いま、何時でしょうか」

上体を前へ傾け、困ったような顔をして明美に尋ねてきた。白髪が目立つ。少しばかり近づきすぎのように感じ、明美は背筋をそらすと、はめていた男物の腕時計に目をやった。

「四時三十二分です」

女性はため息をついて、いったん上体を起こした。周囲に注意を払ってから、さらに尋ねてくる。

「ここ、日比谷線のホームでしたよね」

列車入線の轟音に負けじと言わんばかりに声を張り上げられ、明美はとっさにホームドアに記されている灰色の地下鉄記号に目をやった。まさかとは思ったが、うっかり別の路線に来てしまった気がしたのだ。慣れないうちは自分がいまどこの路線のどのあたりにいるのか、わからなくなったこともあった。

だが、間違ってはいない。ここは日比谷線銀座駅のホームだ。いままさに中目黒行きが停車し、ドアが開いている。「日比谷線のホームでしたよね」という尋ね方は、わかってはいるが確認せずにいられないという口振りに聞こえた。

「ここは日比谷線です。どちらまで行かれるんですか」

発車ベルに問いが重なった。降りてきた乗客がエスカレーターへ流れていく。

「どうしよう、困ったわ」

明美の問いが聞こえなかったのか、女性はひとりごとをつぶやいた。

ホームドアが閉じ、列車は走り出した。

「なにか落とし物でも、されましたか」

明美は問いかけつつ、あらためてその風体（ふうてい）を確かめた。服装もショッパー同様くたびれている。カーディガンの袖口はほころびていた。

「六歳なんですけれど」

「六歳」

思わず復唱していた。

「そう、まだ小学一年なんです。見かけませんでしたか」

切迫（せっぱく）した調子に聞こえた。

「お子さんでしょうか」

明美は尋ねつつ、立ち上がっていた。事態が把握（はあく）できていないが、女性の様子からして、なにか起きていると感じた。

「ここで四時半にって」

女性は代々木上原（よよぎうえはら）にある私立小学校の名前を口にした。そこに通っているという。

明美の頭に、地下鉄の路線図が浮かんだ。この銀座駅までのルートとしては、代々木上原駅から千代田線で日比谷駅へ出て、そこから日比谷線に乗り換えてひと駅だった。

腕時計はすでに四時三十七分を回っていた。

しかし、十分ほどの遅刻など、よくあることだろう。目下、列車は定刻通りに運行されている。つぎの列車に乗ってくるかもしれない。電車通学をさせている母親が少しばかり心配してホームまで迎えに来た、ということか。

「息子さんですか、それとも」

相手の気を落ち着かせるつもりで訊いた。

「ええ、息子です。四時半の約束なんです。ちゃんと連れてくるって」

「どなたかと一緒にいらっしゃるんですね」

相槌を打つと、女性は息を詰め、おろおろとした様子でわずかに首を振った。

「違うんです」

思いのほかきつい口調で視線をそらせ、明美をのけるようにしてホーム中央へ小走りに去って行く。

アナウンスが入った。間もなく北千住行きが来る。ホームには待っている客が増えていた。その客をかわしつつ走って行く女性の姿は、すでに見えなくなっている。

やはり、なにかおかしい。

明美は女性のあとを追った。茶色のカーディガンが目印になり、すぐに見つけられた。

轟音とともに列車がホームに入ってきて定位置に停まると、ドアが開いた。

乗客が降りてくる。

少し先にいた女性は、どのドアを見ればいいのかわからないらしく、左右へ必死に目を走らせている。

だが、小学生らしき姿は降りたように見えなかった。女性は前方に行きかけては、すぐさま後方に足を向け、結局どちらにも進めないまま、降りてきた客の姿を一人ひとり必死に確かめようとしている。

にもかかわらず、通学の小学生らしき姿はない。

いないとわかったのか、女性は力なく震える両手で顔をおおい、膝(ひざ)を折ってしまった。

発車ベルに重なって、その口から悲鳴が上がった。

反射的に明美は走り寄っていた。

近くにいた客はちらりと女性に目をやっただけで、そのまま歩いていく。

「大丈夫ですか」

かがみ込んで、その背中に手をやって声をかけた。

女性は肩を震わせていたが、やっと両手を顔から離した。

表情はこわばっているが、目がうつろだった。

ススム。

悲鳴は、たしかにそう聞こえた。それは女性の息子の名前に違いない。

明美はその肩に手をかけ、抱え起こした。

二

車内警備というのは痴漢やスリの防止が主な任務となっていたが、ほかにも乗客の介助や車内でトラブルに遭った乗客の相談に乗るのも任務のひとつだった。

むろん警察のように逮捕権があるわけではないから、どちらかといえば急病人への対処などがメインになる。仕事に就いてからの二か月、すでに車内で具合の悪くなった乗客をふたり、介助していた。そのときは無線で駅に連絡し、問題なく救急隊員に引き継いだ。

ホームで悲鳴をあげた女性は気分がすぐれないようだったが、無線で連絡するほどでもなかった。自宅はどこかと尋ねると、近くだとこたえた。

そこで明美は、事務室にいた若い駅員に構内で具合が悪くなった女性を家まで連れて行くと告げ、地上に出た。

泰明小学校の横を抜けたところにある四階建てマンションが、住居だった。かなり古ぼけていて、周囲の開発から取り残されたのが一目瞭然だ。

二階の三号室。表札には「大内洋子・晋」とあった。

「ありがとうございました。もう大丈夫ですから」

部屋の鍵を開けると、早口で言い、明美が声をかける前にドアが閉まってしまった。

神経質な印象があったが、その理由が分かったのは、銀座駅に戻ってからだった。

「あなた、初めてだったんですねえ」

経緯を報告しておくつもりで事務室に行くと、年配の駅員のひとりが、低くうなった。

話によれば、ときたま現れるのだという。

「月に一回か二回ってところかな。時間は四時半。これはきっちりしている」

最初は二年前のことだったらしい。

「そのときは、まさかと思ってね。誘拐(ゆうかい)事件があったなんて、警察から連絡もなかったし」

報道規制はされるが、地下鉄にかかわる事案の場合、内々に警戒をするよう連絡があるという。

「でも、誘拐なんか起きてなかった。警察を呼んだけど、事情を聞いただけで、そのまま帰されたんだよ。ただ、五年前にはじっさいに誘拐があったって話でね」

ちらりとほかの駅員に目を走らせた。

五年前、息子の大内晋がいなくなったのは事実だった。小学校からの帰宅途中、消息を絶(た)った。毎日銀座駅まで迎えに来ていた大内洋子は、その日なかなか改札を出てこない晋を心配し、構内に入った。

そして洋子は、明美が座ったベンチに腰を下ろし、晋が列車から降りてくるのを待っていた。だが、一時間過ぎてもその姿は現れない。

学校に携帯で問い合わせたが、いつもと同じように下校したという。

代々木上原駅から乗ったのは防犯カメラで確認できたが、日比谷駅で日比谷線に乗り換えたのかどうか、そこまでは確認できなかった。

「で、誘拐かってことになった。そのころはわたしも銀座駅にいたわけじゃないからまた聞きだけど」

　誘拐事件として捜査が開始され、失踪の翌日犯人から身代金を要求する電話が自宅にかかってきた。

　──一千万を用意して指示に従え。

　父親が高級食パンのチェーン店オーナーで、金があるのを犯人は知っていたようだ。

　しかし、身代金の受け渡し場所に犯人は現れず、一週間後に息子は隅田川の下流で遺体となって発見された。

　そこまで聞いて、明美も以前ニュースで見たのを思い出した。

「犯人はまだ見つかっていなかったですよね」

「そう。警察はまだ探してるだろうけどね。時効なくなったし」

「じゃ、息子を迎えに来ているつもりってことですか」

　首をかしげたが、それもあるだろうと駅員はこたえた。そして、またもや事務室にいる者の目を気にし、片手を口の横にあてた。

「当時、身代金の受け渡し場所に犯人が指定したのが」

　言葉を切って、人差し指で床を何度か指し示した。

　つまり、洋子が毎日息子を迎えに来ていた銀座駅を指定してきたというのだ。

「日比谷線のホームに、午後四時半」

　駅員が、わかるだろうと言いたげな目配せをしてきた。

「それで身代金を持って、ときどき現れる、と」

「そういうこと。なにかをきっかけに息子さんのこと思い出すと、居てもたってもいられなくなるのかもしれんね」

同情めいた調子だった。

そこまで話すと、駅員は思い出したように時計に目をやって、それじゃと軽く敬礼して見せ、事務室を飛び出していった。勤務があるのか、話を切り上げたかったのか、どちらでもあるようだった。

明美もそれをきっかけに、事務室を出た。あらためて日比谷線のホームに降りていく。

午後六時を回っていたから、乗客もかなり増えだしていた。

ちょうどやってきた北千住行きに乗り込む。

満員ではないが、席は埋まっている。ドア脇に立ち、窓に映る自分の顔に目をやった。

大内洋子の事情を聞いて、わずかにこわばっているように思えた。話をしてくれた駅員も、もしかしたら明美の食い入るような目に圧倒されて話を切り上げたのかもしれない。

――身代金の引き渡しに失敗したせいで、息子が帰ってこなかった。

大内洋子はそう思い込んでしまったのだろう。そして、ときたま前後の見境もなく「身代金」を手にホームへやってくる。

それを無駄なことと言って切り捨てるつもりは、明美にはなかった。

自分も似たような思いを抱いている。

それがきっかけで、この仕事についたようなものだった。

二年前、その事件は起きた。

明美が大学四年の冬のことだ。すでに就職は決まっていた。私立の教育学部に進んでから体育の教師になろうと漠然(ばくぜん)と考え、秋に行われた小学校の教員試験にも合格し、あとは卒業を待つだけだった。ちかごろはブラックな職場といわれているが、子どもは好きだったし、無理して企業に入って好きでもないことをするより、よほどましな気がしていた。

当時つき合っていた法学部の的場要一(まとばよういち)も公務員試験に受かり、大学最後のクリスマスを一緒に過ごそうと計画を立てていた。約束したわけではなかったが、将来は一緒になると互いに思っていた。

だが、その要一が急死した。

クリスマス・イブのことだ。

新宿駅南口で待ち合わせたのに、一時間過ぎても現れない。携帯に何度もかけたが、通じなかった。

日が暮れ出し、何組もの楽しげなカップルが通り過ぎるのを横目に、どうしようかと迷った。下宿は荻窪(おぎくぼ)にあり、何度も行ったことがあるから、行ってみようかと思ったとき、携帯が振動した。

表示を見ると、要一からだった。

あわてて出ると、咳払(せきばら)いが聞こえた。

「こちら五反田(ごたんだ)署ですが、この携帯の持ち主とは、どういったご関係でしょうか」

言われている意味が、わからなかった。要一の携帯をなぜ警察が持っているのか。なぜ五反田などという方向違いの場所から連絡が入ったのか。いや、そもそも要一はどうしたのか。

問いがいくつもめまぐるしく頭の中をめぐった。

「友人ですが」

用心しつつそれだけ答えると、相手は急(せ)き込むようにこたえた。

「じつは事件に巻き込まれたようで、怪我をされまして。いまから至急来ていただけますか」

五反田にある救急病院の名前を口にしたが、怪我をしたと聞いただけで頭がいっぱいになり、病院の名前を二度聞き直した。

「的場さんは大丈夫なんでしょうか」

普段は要一と呼んでいたが、相手の気配を感じ、恐る恐るそう尋ねた。相手はそれには答えず、急いでお願いしますと言って通話を切った。

しばし呆然(ぼうぜん)としていたようだった。あまり記憶がない。逸(はや)る思いを抑え、南口改札からホームに向かった。膝が震えていたのは覚えている。なんとか山手線(やまのてせん)に乗り込んだが、電車が進むのがあまりに遅く感じ、怒鳴りたくなった。

五反田駅からタクシーに乗り、繁華街と反対方向へ五分ほど行ったところに救急病院はあった。

すでに暗くなっていて、外来受付は閉まっている。夜間救急の入り口に走っていくと、そこにスーツ姿の男がひとり立っていた。

「電話のかたですか」

男はそう尋ねてきた。それだけで通じた。うなずくと、警察手帳を示した。

「ご家族に連絡したいのですが」

「的場さんの、容体は」

「残念ですが、つい先ほど」

その言葉を耳にすると同時に、貧血を起こしたように目の前が暗くなり、倒れていた……。


——あれから二年が過ぎた。

明美はあらためてその時間を嚙みしめた。長い長い二年だった。

いまだに要一が亡くなったことが実感できていない。実感することを無意識に拒否していたといった方がいいかもしれない。

なにをする気力もなく、毎日が過ぎていった。これから自分はどうやって生きていけばいいのか、途方に暮れていた。人に会うのを避け、部屋にこもって時間をやり過ごした。

知らないうちに涙が流れていることもあった。そのうち身体が思うように動かなくなり、一気に老(ふ)けたようにも感じた。

そんな状態からなんとか立ち直るのに、二年近くかかった。

心配した母親が、地下鉄警備員の募集があるのを教えてくれたのが、ちょうど半年前だった。

リハビリのつもりで応募し、採用が決まった。私服での警備だと知らされたのは、そのあとだ。十二月いっぱい研修を受け、今年の一月から仕事に就いたのだった。

――少しずつ、立ち直ってきている。

近頃はそう感じるようになっていたが、大内洋子に出会ったことで、ふたたび二年前の記憶が呼び戻され、当時に引き戻されかけている気がしたのだった。

三

その日は午後八時までの勤務で、さらに日比谷線を三往復してから渋谷の詰所(つめしょ)に戻った。

職員は勤務につく時点で、当日重点的に乗車する路線を三路線ほど指定される。本来なら別路線にも乗車すべきだったが、いったん座席に腰を下ろすと緊張が途切れてしまい、車内の警戒もまるでできなかった。

詰所は銀座線渋谷駅の事務室にパーテーションで区切られて設置されている。本部は大手町駅にあるが、まだ本格的な導入前の部署なので、十五の主要駅にある詰所はどこも仮設だった。

明美のような警備員たちは全部で三百人ほどおり、東京メトロと都営地下鉄が共同で設立した警備の子会社に所属している。車内警備員の運用が正式に決定されるかどうかは、明美たちの勤務が防犯対策として有効かどうかにかかっていた。

職員は主要駅にある詰所のひとつに所属し、早番なら午前九時から午後四時までの勤務、遅番は正午から午後八時までの勤務となる。正式に運用が開始されればさらに勤務時間帯が広がるかもしれないという話だった。

早番、遅番、休日というサイクルで、明美は今日遅番だったから、明日は休みになる。装備していた身分証、無線機器、警備員用の乗車カードを所定の保管庫に戻し、それから勤務報告書を手に主任統括官の三木剛のデスクに向かった。統括官は各詰所に三人配置されていて、ひとりが主任統括官で、あとのふたりが副統括官という職制になっており、持ち回りで勤務している。

「報告書お願いします」

クリップボードごと差し出すと、警備服をつけた三木がデスクから立ち上がり、軽くうなずいて受け取った。

以前は警視庁で防犯課に勤務していたと聞いている。挙措にきびきびしたものが感じられ、それだけ頼もしく映った。三木は丁寧(ていねい)に報告書に目を通す。とはいえ、書かれている内容は、通常ならどの路線をどう移動したかということが記されているだけだ。ただ、きょうは違った。

「銀座駅で女性を保護。これは」

クリップボードから視線を明美に向けてきた。事情を簡単に説明する。

「なるほど。わかりました」

記憶にとどめておこうとするようにまばたきをしたあと、クリップボードをデスクに置いた。

「では点呼(てんこ)を」

三木の言葉に、明美は少し姿勢を正した。

「車内警備員、穂村明美。通常勤務終わります」

「お疲れさまでした」

敬礼はしない。ただ互いに頭を軽くさげるだけだった。

それを終えると、三木の顔に笑みが浮かぶ。

「もう二か月以上過ぎたが、どうだ、慣れてきたかな」

採用時の面接官でもあったせいか、三木は明美を気にかけてくれている。あとで知ったが、亡くなった父親とは大学が同期だったという。勘繰(かんぐ)れば、母が三木に相談でもして、明美にこの仕事の話を持ちかけたのかもしれない。じっさいにたしかめたわけではないが、そんな予想があるからか、ほかの統括官に対するのとは違い、三木に対してわずかに気づまりな思いもある。

だが、それとは別に、仕事上の上司としては、信頼していた。

「仕事自体は慣れましたけど、なんていうか周辺に目配りするのが中心で、忍耐が必要っていうか」

苦笑しつつ答えると、一瞬三木は困ったような表情をした。

「忍耐は当然だが、この仕事はなにも起きないことが一番だ。そのためにある」

うっかり口をすべらせたのに気づいた。「なにも起きないようにするのが仕事」というのは、採用されたあと新木場（しんきば）にある研修センターで何度も聞かされた言葉だった。

「すみません」

素直にあやまった。

「まあ、帰ってゆっくり休め」

すぐに笑顔に戻った三木は、そう告げた。大内洋子のことが気になっているのが顔に出ていたのかもしれなかった。一礼して辞（じ）そうとすると、思い出したように呼び止められた。

「お母さんとは連絡取ってるのか」

「ええ、ときどき」

三木はなにか言いたそうだったが、うなずいただけだった。明美はまた一礼し、事務室を出た。

たまたまだったとはいえ、家庭の事情まで知られているのは、ときには億劫になる。母親は田端の家にひとりで住んでおり、明美はこの仕事に就いたのをきっかけに中目黒にマンションを借りて住んでいる。

「あれ、早かったね」

事務室を出たところで声がかかった。

目を上げると、どっしりした身体があった。研修で一緒だった町村光江だった。夫が東京メトロの職員で、こどもの手が離れたのをきっかけに仕事を探していたとき、警備職員を募集しているのに目を止め、なんとなく受けたら合格したといっていた。

「きょう、行きますか」

「決まってるでしょ。それが楽しみで仕事やってんだから」

たいてい遅番のあと、渋谷駅の詰所に所属した「同期」で一杯ひっかけるのが通例で、センター街にあるバーがたまり場になっていた。その日あった出来事を話したり、相談に乗ったり乗ってもらったり、ようするにストレスの発散場だった。もちろん、男の職員は仲間に入れない。

「なによ、あんた行かないの」

不服そうに口をとがらせた町村に、明美は片手を振った。

「行きますよ、もちろん」

いましがたまで、今夜はまっすぐ帰ろうと思っていたのに、つい答えていた。どうせこのまま帰っても、ひとりで飲むことになるのだ。

一緒に行こうという町村が報告を終えるのを待って、渋谷の街に出た。

思ったより冷え込んでいる。

スクランブル交差点の信号が青になり、人がどっと動き出す。三月になったというのに、まだ東京ではオーバーコート姿が多かった。その人の群れをすり抜けてセンター街に入っていく。

しばらく歩いた左手のビルの地下にバー「エルスゥエーニョ」はあった。スペイン語で「夢」の意味らしいが、「発音がむずかしい」から、そのうち冗談半分に明美たちは「エルニーニョ」と呼ぶようになっていた。

階段を下りて木製のドアの中に入ると、外の寒さと騒がしさがすっと消えた。ランプに照らし出された店は白壁以外床もテーブルも茶系統に統一されている。カウンターとボックス席がある定番の店だ。

いつものように客は少ない。カウンターに男女の客がひと組いるだけだ。十時を過ぎてから流行る店だった。

顔なじみになったちょび髭（ひげ）のマスターがいらっしゃいと声をかけてから、ちらりと視線を奥に向けた。

先に来ていたふたりは、いちばん奥のボックスを占領していた。

明美と町村が合流し、これでフルメンバーだった。

「お疲れえ」

会社員から転職したという原口由紀がグラスを持ち上げてみせる。「エルニーニョ」の「発案者」だ。年齢をはっきりとは口にしないが、明美より少し年上なのはたしかだろう。三十手前で、派手な格好は「いつでも合コンに行けるようにしているから」だとうそぶいている。

もうひとりは三十半ばの奥野孝子。いつも眼鏡をかけていて、以前はどこかの会社で秘書をしていたという。原口と同じ会社勤めだったとは思えない差があって、奥野は飲むときも静かに飲む。

年齢で言えば、明美が一番年下ということになるから、それなりにからかわれたり、かわいがられたりはしていた。

仕事柄、体力の有無なども採用の基準になる。明美は大学で駅伝の選手をやっていた。要一の件があってから走らなくなってしまっていたが、この仕事が決まってからリハビリのつもりでまた走り始めていた。いまでも非番の日に十キロは走り込んでいる。町村は柔道二段、原口はテニス、意外なのは奥野で、空手三段という触れ込みだった。ただ、じっさいにそれぞれの技を見たことはない。

町村光江はともかく、ほかのふたりに関しては転職してこの職場に入ってきていた。いわばもともと歩いていたコースを外れて別の道を選んだわけで、なにかしら事情があるのは明美と同様な気がしていた。もっとも、それを互いに話すまでの仲にはなっていない。ブレスレットに見立てた無線用マイクをカムフラージュする意味もあって、明美がいつもはめている腕時計が男物であることも、尋ねられないし、まだ口にしてはいない。

勤務中、三人と地下鉄の車内や構内で出くわしたこともない。顔見知りの同僚と出会ったとしても、長話をするのは禁じられているし、目礼（もくれい）くらいにとどめるように言われていた。三百人ほどが同時に車内警備をしているとしても、知っている者は限られているし、それだけ地下鉄網が広いということでもあった。

だから顔を合わせるとすれば、出勤時と退勤時くらいだし、この店に集まったときだけの関係とも言えた。

席につくと、町村はさっそくビールとパスタを注文した。明美もビールとサンドイッチだ。遅番はタイミングを逃すと夕食がこの時間になってしまうので、そうなる。

あらためて四人で乾杯する。

話題はなんでもありだった。いい男はいないかと毎度ぼやく原口由紀の愚痴（ぐち）や、息子が野球部で頑張っているという町村光江の自慢（じまん）など、たいていこのふたりがメインで話す。おのずと奥野孝子と明美は、聞く側に回ることが多かった。

ただ、この日は明美が銀座駅での顛末（てんまつ）を話題にした。この中で以前彼女を見かけた者がいるなら、もう少し大内洋子のことや事件の経緯を知りたかったからだ。真っすぐ帰らずにここまで来たのは、そのためだったとも言える。

しかし、三人は誰も大内洋子のことを知らなかった。

この仕事が始まって二か月ほどしか経っていないし、銀座線のホームに午後四時半にいたとしても、大内洋子が必ず姿を現すとも限らない。

「へえ、そんなおばさんいるんだ」

原口由紀が呆れたような声をあげた。

「こども亡くすってのは、つらいわよ。気持ちはわかる」

町村光代がため息をついた。

奥野孝子がどう答えるか気になって、明美は目をやった。いつも優等生的なことを口にするが、決して押しつけがましくはない。秘書をやっていたせいだろう。だから、四人の内では、いちばん頼りにもなる。

グラスを両手で囲いつつ、奥野孝子は首をかしげた。

「明美さん、どうしてその人のことが気になるのかな」

「どうしてって」

それが自分の境遇に似ていることは口にしたくなかった。ただ、これだけは聞きたいと思った。

「いまさらどうしようもないことにずっとこだわっているのって、いいのかどうか。ちょっと気になって」

奥野孝子は目を伏せ、しばし考えるような間があった。町村光江も原口由紀も、自然と奥野孝子に視線を注いでいる。

　やがて、奥野孝子がうなずいた。

「亡くなった息子さんは戻ってこない。でも、だからさっさと忘れてつぎへ進めっていうのは、その人の気持ちを考えていないと思うわ。その女の人は、たぶん息子さんが戻ってくるって信じることで、なんとか生きていけているような気がする」

「え、どういうこと」

　原口由紀が首をかしげた。

「こだわっているから生きてられるってことでしょ」

　町村光江が呆れつつ説明する。

　だが、奥野はそれ以上のことを口にしなかった。辛気臭い（しんきくさい）と思ったのか、原口が今度買おうと思っているブランドのバッグの話を切り出し、話題はそちらに逸れていった。

　――こだわりがあるからこそ、生きていられる。

　その夜、明美は酔いが回りつつある頭に、その言葉だけは刻み込んだ。

四

　ふたたび大内洋子に出会ったのは、それから二週間後のことだった。

　早番でいくつかの路線を回ったあと、人形町（にんぎょうちょう）で浅草線から日比谷線に乗り換えた。

それまでも毎日、午後四時半になると、来ているだろうかと頭をかすめてはいた。その日担当する路線を好きに決められるわけではない。ただ、銀座を通る丸ノ内線、銀座線、日比谷線の三本が指定された路線になったときは、わざと午後四時半前後に銀座に停車する列車に乗ったりもしていた。

その日は早番で勤務時間は午後四時までだから、本来なら真っすぐ渋谷の詰所に戻って報告をしなくてはならなかった。

だが、なぜか大内洋子が来ているような気がしたのだ。

最後部の車両から降り立つと、そこに見覚えのある姿を認めた。あの時と同じ服装で、紙のショッパーを手に、ホームにたたずんでいた。

「大内さん」

声をかけると、びくりと肩を震わせ、こわごわと振り返ってきた。

「覚えてますか」

警戒する目の色が和(やわ)らいだ。

ああと短いため息をついて、明美だと理解できたようだった。

「この前は申し訳ありませんでした」

冷静に頭を下げる様子には、どこにも取り乱した気配はない。

「わたしは穂村明美といいます。地下鉄の車内警備をしています」

職務を告げたとき、大内洋子はわずかに身構えたようだったが、すぐに平静を取り戻した。

「ちょっと座りませんか」

ベンチにうながすと、大内洋子はショッパーを抱えて腰を下ろした。

――自分はいったいなにをしようというのか。

明美はよくわかっていないながらも、口を開いた。

「失礼ですが、息子さんのこと、聞かせていただけませんか」

いぶかしげな視線が向けられ、それから寂しげな苦笑が漏れた。

「そうね。地下鉄で仕事をしているなら、話は聞いていてもおかしくないわよね」

「この前お会いしたあと、ご事情は知りました」

正直に答えた。大内洋子はかすかにうなずいた。

「こんなことをしたって無駄なのは、よくわかっています。端から見れば変に思われるのもね」

「だったら」

「わかってはいるけれど、納得はしていない。そういうことかしら」

自分自身に問いかけるような口ぶりだった。

――納得。

的場要一が急に亡くなったことは、たしかに理解している。しかし、納得はできていない。

病院に駆けつけたとき、遺体を目にしても要一だとは思いたくなかった。

大内洋子の置かれている状況は、自分の経てきた状況と同じなのだ。とすれば、いま自分がこうして地下鉄の車内警備をしているのも、要一の死を納得できていないからだろう。

「二年前、つき合っていた人がいたんです」

考える前に口をついていた。あわててつけ加えた。

「聞いてもらえますか」

大内洋子は不思議そうな顔で覗(のぞ)き込んできたが、黙ってうなずいた。

同じ大学で知り合い、つき合いはじめ、将来は結婚も考えていた相手が、急に亡くなった。

「なぜそんなことになったのか、わからないんです。死因は脳内出血。強く頭を打ったのが原因だったようですけれど。警察は倒れていた周辺の防犯カメラをたどってくれて、そしたら地下鉄の麻布十番(あざぶじゅうばん)駅で誰かと揉(も)めて殴られた画像が見つかったんです。いったんは意識を取り戻して、地下鉄を使って五反田まで来て、そこで倒れたようでした」

北千住行きの列車が到着し、乗客が降りてきた。いったん明美は口をつぐんでいたが、列車が発車するとふたたびつづきを話し出した。

「警察はいざこざの相手の行方を調べてくれました。麻布十番駅から大江戸線に乗って森下(もりした)まで行ったのは、わかったんです。でも、そこからどこへ向かったのかわからなくなって、犯人は捕まっていません」

当時見せられた防犯カメラの男の姿は、明美の脳裏に焼き付いていた。黒いダウンコートにジーンズ。荷物は持っていなかった。髪の毛は茶髪で長い。ただ解像度をいくら高めても、顔ははっきりしなかった。年齢は二十から三十。身長百七十から八十。いかつい身体つきで肩を揺するようにして大股で歩く。

その犯人を自分の手で見つけようと思ったのが、車内警備をやってみる気になった理由だ。

あわただしく葬儀(そうぎ)が執り行われ、要一の遺骨(いこつ)は郷里(きょうり)の兵庫に行ってしまった。自分の人生が足元から急に崩れ、大学を卒業しても教師の職にはつかず、家にこもる日々が二年近くつづいたことも話した。

「あなたも、そうなのね」

大内洋子が納得できたといった様子で何度かうなずく。

左腕にはめた腕時計に手をやった。

「これ、彼の形見なんです」

男物の時計だが、さほどごつくはない。亡くなったときにはめていたものだ。

「誰にも言えなかったんですけど、大内さんならわかってもらえるかと」

「もちろん、わかるわ。人を殺しておいて罪にも問われないような者がいるのは、許せない」

「それに、あの日新宿で待ち合わせていたのに、どうして麻布十番駅にいたのか。わたしに隠し事でもしていたんじゃないかって疑ったりして、自分が嫌になることもあるんです」

まったく赤の他人相手なのに、明美の口は勝手に抑えていたものを吐き出していた。赤の他人だからこそ話せるのかもしれなかったが、だとしても喋りすぎだと気づいた。

頭をひと振りしてから、大内洋子に顔を向けた。

「息子さんのこと、聞かせてもらえませんか」

大内洋子はちょっと宙に目をやってから、微笑(ほほえ)んだ。

「晋っていうんですけれど、ひとりっ子でね。大事に育ててきたんです。なかなか妊娠(にんしん)できなかったから、生まれたときには夫もすごく喜んでくれたのよ。でも、あの事件のあと、晋がいなくなったのが原因で夫とはうまくいかなくなってね」

中目黒行きの列車が到着して、発車していった。だが、そんなことは気にもしていないのか、大内洋子は言葉をつづける。

「ときどきふっと、まだどこか近くにいるんじゃないかって思ったりして。そういうとき、どうしてもここに来てしまうの。ここに来れば、いつか地下鉄から晋が降りてくるんじゃないかって。ただいまって、いつものように手を振って走ってくるんじゃないかって。お金さえ渡せば、元のように戻るかもしれないって。だから、こうして」

抱えているショッパーに目を落とす。

「これ、当時用意した紙袋そのままなの。犯人がこの紙袋って指定してきたのよ。ただ、中に入っているものはちょっと違うんだけど」

覗いてみろというように袋の口を向けてきた。中には札束に似せた紙の束が入っている。そこまで認めたとき、明美は息をのんだ。

紙束の横に、果物ナイフがあった。

「犯人が来たら、お金を渡す代わりに」

言葉を切って、明美に視線を向けた。

すでにその目はうつろになってしまっていた。

五

奥野孝子の言ったことは間違ってはいない。

こだわることでなんとか生きていける。二度と戻ってこないとわかっている失ったものを追い求めることが、かえって生きる糧（かて）になっているのだ。

ただ、そのこだわりに呑み込まれてしまうと、生きる上での道筋が社会とずれていってしまう。

大内洋子はその意味でバランスを崩していると明美は感じた。

果物ナイフは持ち歩かない方がいいと忠告して別れたが、要注意かもしれなかった。もし誰かを「犯人」だと思い込んでしまったとしたら、洋子はためらわずに「犯人」を刺してしまうだろう。

銀座駅の事務室にも告げておきはしたが、それが抑止につながるかどうかはわからない。

「それって、新興宗教にハマるパターンと似てるよね」

翌日遅番を終えたあと「エルニーニョ」で事情を話したとき、メンソールの煙草を手にしつつ、原口由紀は冷ややかにつぶやいた。

本人を前にしたことがないからだろうが、その口ぶりは明美には冷笑的に聞こえた。ただしかに、生きるようすが「亡くなった息子」なのか「宗教」なのかの違いだけのような気もした。

一歩踏み間違えれば、自分も大内洋子と同じことになってしまう。

——気をつけなければ。

そう明美は感じた。要一が亡くなったあと、しばらくは呆然としていたが、やがて突然ふりかかった理不尽さに怒りを覚えた。それが自分の手で犯人を見つけようという決意につながった。そのためにこの仕事についた。

むろんいまは怒りが湧きあがることは少なくなっていたが、消え去るはずもない。弱まったわけでもなく、深いところに息をひそめている。

それがふたたび爆発するなら、それは犯人を追い詰め、捕まえたときだろう。

　だが、捕まえてどうしたいのか。

　単に警察に引き渡すだけかといわれれば、違う。犯人と対面したとき、もし果物ナイフを持っていたとしたら、自分がどういう行動を取るか、わからない。

　いままでそういった危険と隣り合わせにいたことに気づきもしなかった。

　大内洋子は、明美が無意識に押し込めていたそんな思いに気づかせてくれた。

「喩(たと)えは変かもしれないけど、人を恃(たの)むは自ら恃むに如(し)かずってことだよね」

　町村光江がそう言うと、原口由紀がなにそれという顔をした。

「まったく近頃の若いのは」

「悪かったわね。どうせバカですから。ねえ、どういう意味よ」

　煙を吐いて、明美に訊いてきた。

「他人にたよるより、自分の力でなんとかする方がたしか、という感じです。すみません」

「あやまることないわよ。ほら、近頃の若いのでも意味知ってるし」

　自分が知っていたかのような口ぶりで、原口由紀が言うと、あっさり町村が返した。

「じゃ、あんただけってことで」

「じゃ、わたしだけってことで」

　由紀がおどけてこたえ、両手を広げて見せた。

「でも」

それまで黙って三人のやりとりを聞いていた奥野孝子が口を開いた。

「人はそんな簡単に、人を殺せないと思うわ。たとえ我が子を殺した相手でも」

「それならいいんですけど、あのときの目を思い出すと、ちょっと不安です」

「殺してやりたいって思うのと、本当に殺すことのあいだには、大きな違いがあるはずよ。もし同じなら、世の中殺し合いばかりになっている。そうじゃないかしら」

なるほど。誰にだって、殺してやりたいと思っている者のひとりやふたりはいるかもしれない。殺さないまでも、死んでくれればいいのにと思ったりすることはあるだろう。そう思った者が実際に行動に移していたら、きりがない。原口や町村と違い、さすが奥野だ。

納得していると、ふっと奥野孝子の顔が近づいた。

「明美さんも、その大内とかいう女の人にこだわりすぎているんじゃないかな」

「え」

誤解するなと言いたげに奥野は首を軽く振って笑みを作った。

「明美さんが素直になんとかしたいと思っているのはわかるし、いけないとは思わない。わたしたちの仕事は困っている乗客のサポートをすることだから、みんなそういう思いを」

言葉を切ると、眼鏡の奥の視線が原口の方に向けられた。

「はいはい。わたしだってね、持ってますよ、それくらい」

「だと思うの。ただ、のめり込むと判断を間違うこともあるっていう気がするわ」

光江が大きくうなずいてビールをあおった。

——自分はそんなことはない。

そう思いはしたが、そのときは口ごたえせず、明美は黙っていた。


それからしばらくは、なにごともなく過ぎた。

明美も意識的に淡々と任務をこなすように努めた。もちろん、困っている乗客の力になるという基本は忘れなかったが、思い入れが過ぎないようにと注意をした。

三日置きに集まる四人の場でも、それ以後は特に大内洋子の話題は出さなかったし、奥野たちも聞き出そうとはしなかった。休日は相変わらず十キロ走り込み、余計なことは考えないようにした。

だが、五月の大型連休が始まる直前、事件は発生した。

六

その日は大江戸線、半蔵門(はんぞうもん)線、新宿線の三路線が担当だった。

遅番で渋谷から半蔵門線に乗り込み、押上(おしあげ)まで。折り返して住吉(すみよし)駅で新宿線に乗り換え、本八幡(もとやわた)まで行き、新宿へ折り返す。そこから大江戸線の内回りに乗った。一本をまるまる乗り続けるのではなく、こまめに下車してつぎの列車に乗り込むから、それなりに時間はかかる。

途中、住吉駅で乗り換えるときスカイツリーへ行くのに迷っている東南アジア系の四人の家族づれに身振り手振りで行き方を教え、新宿線小川町(おがわまち)駅から乗ってきたベビーカーを押す母親が市ヶ谷(いちがや)駅で降りるまで、注意をしていた。泣き止まないこどもに、周囲の乗客がいらついているのは見て取れた。以前なら母親に近づいて一緒にあやしたが、それが度を越した干渉(かんしょう)かもしれないと、明美は考え始めていた。

自分の任務は、泣き止まないこどもにいらついた乗客が、母親に対してなにかしらの文句を言ったり、場合によったら暴力を振るったりするのを防ぐことだと考え直したのだ。

親子は無事に市ヶ谷駅で降りていった。

新宿から大江戸線に乗り、内回りを春日(かすが)駅まで来たとき、無線から声が流れ出した。

いままで何度か通信指令からの通達が流れたことはあったが、めったにあることではない。痴漢が逃走中とか、人身事故の連絡といったことに限られていた。

明美は耳に入れたワイヤレスイヤホンを手で押さえ、聞き取ろうとした。

——日比谷線築地(つきじ)駅にて、児童一名行方不明。付近を乗車中の職員は注意されたし。小学二年生の女児。身長百十センチ、学校からの帰宅途中で、上野から乗り込んだ模様。紺の制服制帽。赤いランドセル。名前はアライリサ。

列車は春日駅に入ろうとしていた。とっさに腕時計を見た。午後五時三十二分。

ここからだと築地には移動しにくいが、丸ノ内線で銀座まで移動はできる。迷わず明美は駅に降りていた。まっすぐ事務室へ走る。無線では情報が少なかった。

銀座に近いのが気になっていた。日比谷線であることも。

まさかとは思いつつ、疑念は晴れなかった。

春日駅の事務室で身分証を呈示して状況を聞きたいと申し出た。

「母親が駅まで迎えに来ていたようですが、改札から出てこないというので駅事務室に問い合わせたようです」

応対した明美と同年齢の女性駅員はそう教えてくれた。こどもの名前は新井理沙という字を書くようだ。

「携帯はまだ持たせていなかったようで、位置情報もありません」

「帰ってくる時間は何時だったんですか」

「四時半前後だったらしいですが」

その言葉が、確信めいたものを抱かせた。大内洋子がなにかしらかかわっているのではないか。

明美は礼を言って、事務室を飛び出した。春日駅と丸ノ内線の後楽園（こうらくえん）駅は、南北線のホームをはさんで通路でつながっている。その通路を走り抜けた。

ホームに出ると、荻窪行きがちょうどホームに入ってくるところだった。

列車に乗り込んでから、車内を後方に歩いて行った。すぐに改札を出られるようにするためだ。

十二分ほどで銀座駅に到着した。事務室に走り、きょう大内洋子が来ていたかどうかを確かめる。

事務室にいた駅員たちは、誰も見ていなかった。

――勝手な思い込みか。

いったん思い直したが、万が一のこともある。

明美は改札を出て地上にあがった。

すでにあたりはネオンの明かりに満ちていた。

泰明小学校の脇を走り、見覚えのあるマンションにたどり着く。

息を整えて階段をあがり、通路を進む。大内洋子の部屋の前に来たときには、知らぬ間に忍び足になっていた。

「大内洋子・晋」の表札をたしかめると、チャイムを押して、身体を壁に隠した。

待つ間もなく取っ手が回され、ドアが開く。

笑顔を作って、開いたドアに近づけた。

「こんにちは」

驚いたような大内洋子の顔が目の前にあった。チェーンはかかっていない。

「どうかしたんですか」

戸惑(とまど)った調子で尋ねてくる。

「ちょっと近くまで来たもので、どうしてるかなって」

答えつつ、一瞬視線を落とした。

沓脱(くつぬぎ)に小さなエナメル靴が揃えてある。男児の物ではない。女児の物だ。

そう見て取った瞬間、素早く片足をドアのあいだに突っ込み、引き開けた。

明美は大内洋子を押し戻すようにして部屋に入った。

ワンルームのマンションは質素で、中央にテーブルがあるだけだった。そのテーブルに向かって、ちょこんと椅子に座っている女の子がいた。

土足で駆け上がり、女の子をかばうようにかがみ込んだ。

「新井理沙ちゃんね」

その問いに、女の子は目を丸くしたまま、なにもこたえない。

「ちょっと、待って」

背後で大内洋子の震える声が起きた。

振り返ると、立ちすくんでいるその顔が青ざめているのがわかった。

「待ってちょうだい、お願いだから」

七

「お手柄だな」

渋谷詰所に戻って報告を終えると、統括官の三木が微笑んだ。

「ありがとうございます」

多少の後ろめたさがあったが、そう答えた。

母親に手を取られて去って行く新井理沙が、白い歯を見せて手を振ってきた姿が浮かぶ。

築地駅の事務室で待っていた母親のところへ理沙を連れて行き、明美は事情をこう説明した。

――娘さんは寝過ごして築地駅を過ぎてしまい、目が覚めたのが銀座駅だった。銀座には何度も来ているから、反対方向に行く列車に乗らず、歩いて帰ろうと考えた。そこで地上に出たが、やはり道に迷ってしまった。

明美がそうではないかと見当をつけ、銀座の街を探していたら、運よく見つけられた。

そう、作り話で納得させた。

「たしかに地下鉄内にいるとはかぎらないものな。まあ、任務そっちのけというのは褒められないが」

「気をつけます」

明美は一礼して三木の前からさがった。

緊張感が一気に解けた。

事務室を出たところに、奥野孝子が待っていた。あとのふたりは先に「エルニーニョ」に行ったようだ。

目を交わすと、奥野が先に立って歩き出した。

「これでよかったと思いますか」

その後ろへつきながら、明美は尋ねた。渋谷に戻ってきたときには、すでに行方不明だったこどもを見つけ出したのが明美だということは知れ渡っていた。ただ、例の三人にだけ、本当のところを手短にメール連絡で打ち明けてあった。

「まるく収まったんだし、誰も文句ないと思うわ」

「でも」

言いかけると、孝子は立ち止まって明美に顔を向けた。

「こう考えればいいと思う。規則ばかりに捕らわれていると、かえって憎しみを生み出す。だから、憎しみを生み出さないような解決方法を考えたほうが良い。たまには規則を破ってでも」

「憎しみを、生み出さないようにする」

「そう。明美さんだって、今回任務を離れた。離れたからこそ、こどもを見つけられた。

もし、本当のことを報告していたら、こどもの母親は憎しみを感じるだろうし、大内っていう人も、あなたを憎む」

「わたしを」

そうかもしれなかった。

「誘拐犯」という汚名（おめい）を着せてしまえば、それが本当のことであっても、通報した明美を憎むかもしれない。いや、大内洋子が憎まなくとも、明美には後ろめたさが残っただろう。

奥野はふたたび背中を向けて歩き出した。

明美も歩き出す。

スクランブル交差点のところまで互いに黙りこくって歩いた。大型連休前で、いつもより人出が多いようだ。

歩行者用信号が青に変わり、人波が動き出した。

「あの」

奥野に声をかけた。

「わたし、今夜は帰ります」

ほんのわずか明美の顔に視線を向けた奥野は、あっさりと応じた。

「わかった。ふたりにはそう言っておくわ」

「すみません」

「間違っているとは、思わない」

「え」

訊き返そうとしたときには、奥野孝子は点滅を始めていた交差点を小走りにセンター街の方に行ってしまっていた。

明美はため息をつき、東横線の駅に向かった。


……あれが「誘拐」だったとしても、悪意がなかったのはたしかだった。ただ、亡くなった息子の代わりに、束の間、こどもと接したかっただけだ。

――少し一緒に、いたかっただけなのよ。

マンションで大内洋子が口にした言葉を思い出す。

流産した母親が、他人の赤ん坊を盗み出すことがあると、以前聞いたことがあった。もちろん、金のためなどではない。ただ、失った赤ん坊の代わりに、べつの赤ん坊をその手に抱きしめたい。ただそれだけのために、やってしまうという。

大内洋子もそれと同じだった。

新井理沙はなんら危害を加えられていなかった。それどころか、進んで大内洋子についてマンションにまで行っていた。

午後四時半。

しばらく間があったが、きょうもまた息子が戻ってくるかもしれないと思って、大内洋子は紙ショッパーを手に銀座駅へ出かけた。

四時半を回り、しばしうろうろしていると、中目黒行きの列車が出て行ったあと、大きなランドセルを背負ったこどもが、覚束ない足取りでエスカレーターの方にやってくるのが見えた。

大内洋子は思わず声をかけていた。身につけている制服は上野の方にある学校だと知っていた。どうしたのかと尋ねると、築地で降りなくてはいけなかったが、寝てしまっていたという。

だったら送って行ってあげよう、ただその前に、ちょっとだけおばちゃんのところに来てケーキを一緒に食べないかと、おそるおそる訊いた。

逃げ出すかと思ったが、意外にもこくりとうなずいた。手を取ってエスカレーターに乗り、名前を尋ねた。

新井理沙。

おばさんは大内っていうの。よろしくね。

誰にも気づかれないまま改札を抜け、道々いろいろな話をした。学校のこと、勉強のこと、友だちのこと、好きなゲームのこと。

大内洋子も、息子を亡くしていまひとりで暮らしていて寂しいのだと言った。ときどき、息子が戻ってくるかもしれないと思って、あのホームに行くのだと教えた。

不思議そうな顔をしていたが、理沙は、だったらわたしが代わりになってあげると無邪気に答えたそうだ。

――がらんとした玄関に、あの子の靴があるだけで、うれしかった。

大内洋子は、そうも言っていた。

部屋にあがり、途中で買ってきたケーキを紙ショッパーの中に入れてあった果物ナイフで切り分け、一緒にお茶をした。それからまたいろいろな話をし、宿題を手伝った。それが終わると折り紙を教え、あやとりをして遊んだ。

部屋に乗り込んだときには気にも留めなかったが、じっさいふたりは黄色の毛糸で作った輪であやとりをしている最中だった。理沙の両手にからまっていた毛糸に明美が気づいたのは、話を聞いてからだった。

そろそろ送り返さなくてはと思っていたところに、乗り込んだのが明美というわけだ。ただ、大内洋子の説明の中で、ひとつだけ疑念が残った。本当に送り返すところだったのか、どうか。

どんな理由があろうと、これは誘拐だ。

明美は、理沙の耳を気にしながらも、言うだけのことは言った。

観念したように、大内洋子はうなだれた。

――ほんの少し、一緒にいたかっただけ。それだけなの。晋がいたときにしてあげたことを、もう一度してみたかった。

宙に目を投げてこたえた大内洋子の表情に、嘘はないようだった。

その視線の先に、明美の目も吸い寄せられた。

小さな仏壇があり、そこに写真が立てかけてあった。それが亡くなった大内晋なのは確実だ。男児と女児の違いはあるが、どことなく新井理沙に面影が似ている。少し一緒にいたかったというのは本当だろう。

そんな大内洋子を、誰が裁けるだろう。

――少なくとも、自分には無理だ。

明美は、そう思った。

大人ふたりの話には関心がなさそうに、熱心にあやとりをひとりで続けている理沙に目をやった。

テーブルには鶴（つる）、亀（かめ）、蛙（かえる）、兜（かぶと）といった折り紙が散らばっている。

一緒に遊んでいただけなのだ。

明美は、理沙の名前を呼び、顔を近づけた。

「お願いがあるの」

手を休めて、三つ編みの顔が向けられた。

「これからお母さんのところにわたしが理沙ちゃんを連れていくけれど、ここに来たこと、誰にも言わないって約束してほしいの」

こうすることにしたと、大内洋子に目配せした。何か口を開きかけた大内に黙っているようにと首を振った。

「どうして」

不思議そうに理沙は尋ねた。

「ここに来たってほかの人に知られるとね、大内のおばさんが警察に捕まっちゃうのよ」

理沙の視線が大内洋子に向けられた。

「だめだよ、そんなの」

明美は理沙をこちらに向かせた。

「だったら約束して。ここに来たことは内緒。ずっと銀座の街をながめて歩いていた」

こくりとうなずいた。

「銀ブラっていうんでしょ。知ってる」

ひとりでに大内と目が合って、苦笑した。

「そう。銀ブラよ。学校からの帰りにちょっと寄り道しただけ」

「わかった」

進んで小指を差し出した。明美は指切りをし、それから理沙にランドセルを背負わせ、帽子をかぶせた。

「ありがとう」

立ち上がって玄関に向かう明美と理沙に、腰を抜かしたように座ったままの大内洋子が言った。泣くのをこらえているのか、声がつまっていた。

「またあやとり、教えてね」

理沙は靴を履き終えると、そう無邪気に言った。

大内洋子はうなずき、それから悲しげに首を振った。

そして明美は築地駅まで理沙を連れて行ったのだった……。


東横線が地上に出て、速度を落とし始めた。

これでよかったのだと、もう一度自分に言い聞かせた。

同時に、もう二度と大内洋子は銀座駅のホームに現れないのではないかとも思った。亡くなった息子に対する強いこだわりが、突拍子もないことをさせてしまうと理解したはずだからだ。

たぶん息子へのこだわりも、少しは治まるのではないだろうか。

そうであってほしいと、明美は思った。

中目黒駅で降り、マンションに帰り着くと、ドアを開く。

「ただいま」

習慣で真っ暗な部屋に向かって、小さく声をかける。

電灯をつけ、ベッドの横に立てかけてある額の中の写真に、もう一度挨拶(あいさつ)をし、腕時計を外して横に置く。

きょうあったことを、要一にもゆっくり話したかった。

どんな感想を持つか、夢の中で答えてくれることを期待しつつ。

第二話　誰が見捨てたのですか

一

「ほんとはさ、こう、なんていうか、極悪人みたいなやつを捕まえるっていうの、想像してたんだよね」

いつか原口由紀がそう言ったのを覚えている。

いざとなったらそんなことはできないと町村光江が鼻で笑った。

もちろん、穂村明美も、無茶な話だと思った。

地下鉄にかぎらず、列車内での殺傷事件が起きているのは事実だ。ちかごろはその数が多くなっている。

かつて地下鉄内で発生したサリン事件以降、警備体制の強化はおこなわれていた。その甲斐もあって、事件から三十年近くが過ぎているが、しばらくは地下鉄内での大きな事件は起きていなかった。

しかし、ここへ来てＪＲや私鉄路線の車内で、走行中に刃物を使用した殺傷事件が立て続けに発生した。カルト集団などの組織的な犯行でなく、個人的な犯行だった。

突発的と言っていい。

完全にそれを防ぐ方策はないだろう。防犯カメラは車内に設置され始めているが、犯行の防止にどれだけ有効か、明美には疑問だった。

犯行をおこなった犯人たちの動機をニュースなどで見聞きすると、走行中の電車は密室なので襲撃すれば逃げ場がない、だから選んだという話だった。たしかに走行する列車は外部と遮断される。運行会社も、緊急停止はしても、乗客を車外に出すことはめったにない。

地下鉄ならなおさらだ。

もし凶悪事件が発生したなら、乗客はパニックになるだろう。そのとき、落ち着いて避難誘導できる者が、その場にいるかどうかが大きな分かれ道になるはずだ。犯人に立ち向かうのではなく、被害を最小に抑えることこそが重要になる。

制服の警備員は事件の抑止。明美たちのような私服の警備員は突発事態への初動対処。役割分担としては、そう区分されている。

とはいえ、明美たち私服警備員はまだ正式な導入に向けた試験期間だった。テスト生として採用された三百人がそれなりの効果を示さなければ、そこで導入は白紙に戻る。

本来なら車内で事件が発生したとき、乗客同士で助け合うことが理想だが、そのときそこにどんな人がいあわせているのかは、わからない。よかれと思ってほかの乗客に指示を出しても、かえって事態を悪化させてしまうこともある。

だからこそ、一般乗客にまじって万が一の事態に備える警備員が必要というわけだ。

だが、だからといって事件に遭遇（そうぐう）したいとは思わない。乗客の安全を守るのが主たる任務なのであり、ましてや犯人を逮捕するのが任務ではない。だいいち逮捕権などありはしない。

そういう意味では地味な仕事と言っていい。

私服で地下鉄に乗り込み、トラブルが起きそうな状況のときは、事前にそれを防ぐ。

研修のときに聞かされたのは、そういうことだった。

そもそもトラブルを引き起こしそうな客と、そうではない客を見分けることなどできはしない。一見していかつい男が乱暴を働くとは言い切れない。大人しそうな女が凶悪犯かもしれない。それに、人は直面した状況によっては態度をがらりと変えることもある。

単純なようでいて、かなり慎重な判断を要求される仕事とも言えた。

どちらかといえば、体力より人間観察が大事ということだろう。

明美は、ちかごろそう感じていた。

勤務開始から半年近くともなれば、この仕事の長所や短所が見えてくる。導入しようと言い出した幹部職員たちにしても、じっさいにやってみないとわからない部分もあったはずだ。

おせっかいなやつと思われた。注意したら逆に脅された。馴れ馴れしいといって嫌な顔をされた。

私服警備員からは、そういう報告も上がってきているという噂だった。

一般乗客にまじっているため、正体を知らない当の乗客から苦情は来ないが、対処方法に問題があったのは間違いないだろう。

奥野孝子が一週間の停職になったという話が飛び込んできたのは、そんなときだった。

二

「ぶっ叩いたんだってさ」

町村光江が太い腕を組んだ格好で、顔をしかめた。

「まじか」

原口由紀が水割りのグラスから飲もうとしかけて少し噴き出したあと、口を拭いつつ、つぶやいた。

いつも集まる「エルニーニョ」に駆けつけた町村光江が、詰所で聞き込んだ話を明美と由紀の前で話したのだ。

奥野孝子が乗客に平手打ちをくらわせた。しかも相手は女子高生だというのだ。

明美はわけがわからなかった。

いつも冷静で物静かな奥野のたたずまいが、乗客を平手打ちしたというイメージとあまりに食い違っていた。

「なにかの間違いじゃないんですか」

町村光江に尋ねると、首を振った。

「だったらいまごろここに来てるはずでしょうが」

たしかに、仕事終わりに毎度のように集まる四人のうち、奥野だけがきょうはいない。

丸ノ内線池袋駅でのことだったという。

午後三時半過ぎに四ツ谷駅で人身事故があり、丸ノ内線全線が一時停止した。そのためにちょうど池袋に停止していた列車で、事件は起きた。大半の乗客が文句のひとつも言いたい状況だ。だが、普通は心の中で舌打ちするだけにとどめる。

しかし、それを口にする者も中にはいる。

学校帰りのふたりの女子高生もそうだった。列車の遅延に対して文句を言っていたらしい。

すると、近くにいた奥野が、ひとりの生徒の腕を取ってホームに引っ張り出した。何度か言い合ったあと、奥野の平手が女子高生の頬を張った。

近くにいた中年男性客が見咎めてあいだに割って入った。

むろん、周りの乗客は奥野が私服の警備員だとは気づいていない。

平手打ちされた女子高生は訴えるとわめき、その場でスマートフォンから警察に通報した。駅員がふたりをなだめ、警察がやってきて事情聴取が事務室で行われたところで、やっと奥野が単なる乗客でないと判明した。

それを聞いた女子高生は、さらに警備会社を訴えると言い出し、母親がやってくると、その母親までが訴えると言い、ともかくいったん引き取ってもらったらしい。

奥野はそのまま警官に連れられて渋谷の詰所まで回された。

待機していた統括官の三木が警察に応対し、奥野と三木が女子高生の家に詫びを入れに行くことで、話はまとまった。

ただし、あきらかに暴力行為であり、女子高生側が医師の診断書を取ってやはり訴えると言い出せば、それを止めることはできない。

奥野が連行されなかったのは、三木が元防犯課の刑事だったおかげと言っていい。

「で、どうなったのよ」

水割りを飲むのも忘れて聞き入っていた原口が、町村に先をうながした。

「三木さんが本部と連絡取って、すぐに一週間の停職が決定ってこと。なんでも明日ふたりで菓子折り持って謝りに行くらしいよ」

原口がソファにもたれかかり、ため息をついた。

明美はそこまで聞いても、あの奥野がそんなことをするとは思えなかった。

「なぜ、平手打ちをしたんですか」

町村に尋ねると、首をかしげた。

「そのあたりはよくわかんないんだよね。こっちも乗り出して話を聞いてたわけじゃないからさ。帰り支度しながら、耳だけダンボにしてなんとか聞き取ったのよ」

つまみのソーセージにフォークを突き刺しながらこたえたが、ふと思い出したのか、ソーセージのついたフォークを明美の顔の前で振った。

「そういえばさ、前にも一度あったのよ」

「なにがですか」

「同じような件よ。一月終わりだったかな」

明美は初耳だったが、原口由紀は知っていたらしく、ああ、あれかとつぶやき、町村に目を向けた。

「あのときは痴漢をぶちのめしたんだっけ」

「そう。あれはちょっとね」

「でも、あれくらいやらないと痴漢は駄目よ」

「あれくらいって」

明美がふたりを交互に見やると、町村がソーセージを齧り、原口が代わりにこたえた。

「ボコボコにしたんだってさ」

町村がソーセージを呑み込んでから、また説明を始めた。

事件は朝の八時に都営新宿線で起きたという。

「勤務時間外じゃないですか」

「そうなのよ。あの人、個人的に朝はあちこちの路線に乗ってたみたいなの」

痴漢にかぎらず、トラブルが起きやすいのは朝の通勤ラッシュと夜の帰宅時刻以降だ。しかし、早番は九時から四時、遅番は十二時から八時と決まっていた。まだ試行期間だから、重要な時間帯に導入はされていない。

「使命感が強いのは悪くないけど、勤務時間外には職務権限ってないわけよね」

町村の言葉に、原口がうなずく。

「あんたの場合は逆。勤務時間内にもちゃんと職務を遂行しないでさぼるって、どうなのよ」

「いまそれ関係ないし」

原口は平然とこたえ、煙草(たばこ)に火をつけた。

町村もそれ以上相手にせず、明美に顔を向けてきた。

「で、勤務時間外だったのもまずいんだけど、見つけた痴漢の襟首(えりくび)摑んで顔を壁に叩きつけたっていうのよ」

京王八王子(けいおうはちおうじ)から乗り入れてきた本八幡(もとやわた)行きが、岩本町(いわもとちょう)駅に到着する直前のことだった。すでにラッシュ時になっていて、車両はかなり混み合っていた。

奥野が気づいたのは、九段下(くだんした)駅を出たころだった。すぐ近くで、若い女性社員が身体を不自然に動かしている。背の低い、女子高生のような風貌(ふうぼう)のその女性は、よく見ると青ざめた顔をしていた。すぐ背後に小太りのサラリーマン風の男がこれまた不自然に密着している。混んではいたが、そこまで密着するほどではない。見たところ四十前後の男だった。

　奥野はとっさに痴漢と見て取った。

　だが、確実に痴漢をしているのを視認できていない。神保町（じんぼうちょう）、小川町（おがわまち）と小刻みに列車は停車し、乗客が乗り降りする。

　痴漢はたいていドア付近にいる女性を狙う。ばれたときに駅でとっさに逃げられるようにしているのだ。車両の奥に入ったあたりで痴漢をして発覚すれば、周囲の客に取り押さえられる可能性は高い。そのときも、そうだった。

　乗客の乗り降りにまぎれて、奥野は女性の横に移動した。ドアの隅に追い詰められていないのが幸いだった。携帯の画面に「困っていますか」と表示し、女性にこっそりと見せた。

　はっとしたように女性が奥野に視線を向け、小さくうなずいた。

「痴漢ですか」と表示を変えると、また女性はうなずいた。

　奥野は男の手が背後から女性のスカートの下に突っ込まれているのを視認した。同時にふたりのあいだに割り込むようにして、男の手を掴んだ。

「次の駅で降りてください」

　声をひそめて男に告げた。

「見てきたように話してるけど、それほんとか」

原口が茶々を入れた。町村はむっとして睨んだ。

「こういう話は臨場感が大事なんだって。でも、作ってないからね。本部のお偉いさんが直接事情を訊いたとき、そう話したんだって」

地下鉄職員の夫がいる町村なら、どこからか伝手でそういった話を聞き込んでもおかしくはない。

先を話せとうながすように、原口はグラスを持ったまま手を振った。


ちょうど岩本町駅に、列車は滑り込んだ。

観念したのか、男は腕を取られたまま、素直に奥野に従った。が、ドアが開いたとたん、男は腕を振り払い、逃げ出した。

乗客にぶつかりながらホームを逃げる男を、奥野は追いかけた。

男はすぐに息が上がり、奥野の手がスーツの襟にかかった。ぐいと引っ張り、男は足を滑らせて尻餅をついた。男を立たせ、襟をつかんだまま引きずっていくと、思い切りその顔面を壁にぶち当てた。

そこでやっと駅員が駆けつけ、奥野を引き離した。

男は尻餅をついて捕まったときに「ごめんなさい、ごめんなさい」と何度も弱々しく口にしていたと話す目撃者と、ふてぶてしく笑っていたと話す目撃者がいて、そこは判然としない。

しかし、全治二週間の怪我だったことに変わりはなかった。

「たしかに痴漢したのは悪いですが、あそこまではちょっとやりすぎでしょう」

事務室で駅長が奥野にそう苦言を呈したという噂もある。

奥野はすぐに駅員に身分を明かしたから、「勇敢な一般客が痴漢を退治」とはならなかった。勤務時間外であったため、「一般客」には違いがないが、それで決着させるわけにはいかない。

「そのときも一週間の停職だったらしいよ」

町村はそう話を締めくくった。明美が町村に誘われて「エルニーニョ」で仕事終わりに飲みだしたのは今年の二月半ばからだから、それ以前のことを明美が知らないのは当然だった。

奥野が空手三段という話は知っていた。だが、だからこそ素人相手に暴力を振るうのは避けるはずだ。しかも、痴漢という犯罪をおこなった相手に対して過剰な暴力を振るったことと、今回の件は違う気がする。

単に言い争っただけの女子高生相手なのだ。

――なにか事情があったのではないか。

明美はそんなことを思いつつ、その夜はまったくといっていいほど酔えなかった。

三

非番の一日があけて出勤したとき、渋谷詰所のメンバー出欠表の奥野孝子の欄に「停一」と赤文字で書かれているのを見て、やはり町村の話は本当なのだと思った。

着任の点呼は副統括官のひとりだったので、訊きそびれたまま任務へ向かった。事情を教えてもらうなら三木からにしたいという思いがあった。父親との関係はともかく、三木なら明美を単なる詮索好きとは見なさないだろうと思ったからだ。

きょうは日比谷線、南北線、千代田線を中心に回るよう指示された。午前九時を回って、通勤ラッシュは落ち着き始めている。

列車に揺られながら、明美は一昨日聞いた奥野の話について、考えていた。非番だった昨日も、ジョギングで十キロ走り込みつつ、つい考えはそちらに向かっていたのだ。

本来なら緊張感をもって車内状況に気をつかわなくてはならないのだが、どうしても集中することができなかった。つい自分の境遇に引き寄せて、奥野の行為が浮かんできてしまう。

——もし自分が恋人を殴り殺した相手をこの手で捕まえたら。

奥野のように見境なく殴り、殺すまで行ってしまうだろうか。

まだ二年しか経っていない。恋人の要一が地下鉄構内で何者かに殴られ、その結果死んでしまった事件は、つい昨日のことのように明美の記憶に生々しく刻みつけられている。

要一が相手に恨まれていたか、その場でトラブルを引き起こした可能性もある。痴漢行為ではないだろうが、要一に非のあるなにかがあったのかもしれない。

だとしたら、犯人を捕まえたとき、明美は犯人を殺すまで憎めるだろうか。

つらつらとそんなことが頭をめぐり、日比谷線で北千住まで行き、そこから千代田線に乗り換え、霞ケ関駅まで戻ってきたときだった。

「あら、忘れ物」

乗り込んできた三人の中年女性たちが明美の前の座席につこうとしたとき、そのひとりが棚の上に目をやって声を上げた。

ちょうど明美の真向いの棚に、紫色の大ぶりな風呂敷包みが載せられたままだった。あらためて見回すと、乗客はさほどおらず、座席にも空席が目立つ。

「誰のかしらね」

買い物にでも出かけるところなのか、着飾った三人が明美の方に目を向けてきた。

「ここにいた人、どうしましたか」

別のひとりが尋ねてきた。

明美はすばやく記憶をめぐらせた。

たしか湯島で乗り込んできた老人がいた。七十過ぎで、頭は禿げていたように思う。グレーのベストを着けていた。

二重橋前駅で降りて行ったはずだが、棚に荷物を置いたかどうかは、記憶にない。

その前は茶髪の大学生が大股を開いて座っていた。パンク風の恰好だった。西日暮里から乗って、根津で降りた。こちらも棚に荷物を置いたかどうか、はっきりしない。

ふたりのうち、どちらかが忘れて行ったのか。

すでに列車は動き出している。つぎの国会議事堂前で忘れ物を下ろし、事務室から各駅に問い合わせをすれば、相手にすぐ戻せるかもしれない。

行先表示に目を走らせた。代々木上原行きだった。このまま忘れ物を放っておいても乗り入れ線だとその先まで行ってしまうが、その不安はない。

どのみち注意不足だった。

明美は立ち上がり、棚の上から荷物を下ろした。

「わたし、つぎの駅で降りるので、事務室に預けておきます」

「そうね、そうしてもらえれば」

最初に声をあげた女性が、明美に押しつけるような調子でこたえた。

国会議事堂前駅のホームに着くと、明美は荷物を抱えて列車を降り、事務室へ向かった。

地下鉄での落とし物、忘れ物はかなりの数にのぼる。年間で六十六万件以上だ。いちばん多いのは傘だという。地上では雨が降っていても、地下鉄に乗ってしまえばそれを忘れ、傘を手すりにかけたまま降りてしまう。携帯端末もかなりの数にのぼる。ポケットに入れておいたものが知らぬ間に落ちてしまい、気づかないまま降りてしまう。明美が駅の事務室に手渡した忘れ物は、いままでにもかなりの数があった。

しかし、これほど大きな忘れ物は初めてだった。

いったい何だろうか。

風呂敷の間から、木箱らしきものが見え、歩くたびにごつごつと音がする。木箱の中にかなり大きな品物が入っているらしい。

事務室に入っていくと、若い駅員が気づいて近寄ってきた。

「忘れ物です。千代田線の代々木上原行き三号車にありました」

場所の詳細を口にすると、駅員が目を丸くした。

明美は身分証を呈示し、私服警備員だと告げた。

納得した駅員が書類を取り出した。明美が必要事項を書き込んでいる横で、風呂敷包みを解いて中身の確認を始めた。

短くうめくような声が駅員から起きて、明美は書類から目を上げた。箱の蓋を取り上げたまま、駅員が固まっている。

「どうかしましたか」

「見てください、これ」

薄気味悪そうな駅員の視線が向けられた。明美は近づいて、箱の中を覗(のぞ)いた。

そこには素焼きの白い壺が入っていた。

骨壺なのは、一目瞭然だった。

四

置き忘れた者が誰なのか、住所も氏名も記されているはずはない。壺の上には戒名を記した短冊があったが、戒名だけでは骨壺に入っているのが誰なのかもわからない。

しかし、物が物だから忘れていったことには気づくはずだ。明美もいったんはそう思ったが、もしわざと置いていったとしたら、名乗り出てくる者はいないのではないか。

ひとまず預かって、忘れ物集積所のある飯田橋駅に持って行くと駅員は答えた。最近は墓を持っていない家があり、どこにも葬れないまま、持て余した結果、「忘れ物」という形で捨ててしまう遺族がいると聞いたことがある。さすがにゴミ捨て場に放置するのは忍びなく、列車内やコインロッカーに置き去りにするわけだ。

もしそうであるなら、遺骨の引き取りに誰も現れないことになる。

そもそも骨壺の中に入っているのは、人の骨である。かつて人だったのに、亡くなってしまったあとは「忘れ物」になってしまう。しかも捨てるつもりで置き去りにしたのだろう。

遺族には遺族の事情があるのかもしれないが、あまりにもやるせない話だ。

——人の死がそこまで軽く見られている。

明美はそんなことを思いつつ、勤務を終えて詰所に戻った。


「遺骨か」

日報を提出すると、三木統括官は短くつぶやいた。

「忘れ物ならすぐ名乗り出てくるだろうという話でした」

明美は自分の思いは口にせず、駅員の返答をそのままこたえた。

「きみは真正面に座っていたんだろう。誰が棚に載せたのか気づかなかったのか」

「すみません。不注意でした。座った乗客はふたりいましたが、どちらが置いたのかはっきりしません」

素直に頭を下げた。

三木は考え込みつつも、うなずいた。

「わかった。お疲れさまでした」

「穂村明美、業務終わります」

控室に向かおうとすると、三木が呼び止めた。

「ちょっといいかな」

デスクから離れ、部屋の隅にうながされた。

「さっき五反田署から連絡があってね」

明美は身構えた。五反田署は恋人の要一が殺された事件を担当している所轄だった。

「なにかわかったんでしょうか」

急き込んで尋ねる明美に、三木はちらりと事務室に視線をやった。声をひそめろと言いたげだった。

「いや、そういうわけではないらしい。きみに直接連絡があるはずだが、わたしがここに勤務していると知って、ひと足先に連絡してきたようだ。継続捜査の担当が替わったということだ。顔合わせをしたいらしい」

まったく期待外れだったが、つとめて落胆した様子を見せず、明美はうなずいた。

「そうでしたか。ありがとうございます」

いままで担当してくれていた刑事は中年の男性で、たしか小久保という名前だった。事件発生時に事情を訊かれたくらいで、その後何度か電話で連絡をくれたに過ぎない。いくつも事件を抱えているのはわかるが、捜査をしている印象はなかった。

自分で犯人を見つける。

そう明美が決心したのも、警察がほとんど動いていないとわかったからだ。地下鉄の私服警備員をやることにしたのは、そのためでもある。

「あさってが非番だと伝えてある」

「わかりました。お手数かけました」

三木はまだ何か言いたそうな顔つきだったが、明美はそのまま詰所を出た。出たところで、もしかするとと思って携帯を取り出すと、五反田署の中窪（なかくぼ）という刑事から留守電が入っていた。

名乗った後、今度継続捜査を担当すると告げていた。

その声が女性だったのが意外だった。

中窪由紀子（ゆきこ）。

どんな人物なのか、興味がわいた。

通路のわきに行って折り返し電話を入れると、あさって署で会いたいと言われた。午後からならいいと答えると、二時にお待ちしていますとはきはきとした口調で言い、通話が切れた。

ふいに要一の顔が浮かんできた。

すると、つぎつぎに学生時代の記憶が甦（よみがえ）ってくる。いつどんな会話を交わしたか、どんな笑顔を見せてくれたか、亡くなった直後はまだ生きているように息遣いまで感じ取れていた。まる二年が過ぎても記憶は薄らごうとしない。

もし、単に別れただけなら、そんなことはなかっただろう。事件に巻き込まれて亡くなったことが、記憶が薄らぐことを拒否していた。それはいまの明美を形作っているし、枷（かせ）になってもいる。

——犯人をこの手で捕まえなくては、前に進めない。

明美はそう言い聞かせつつ、歩き出した。


その翌々日五反田署に出向いた。

受付で名乗ると、すぐに刑事課から中窪が姿を現した。

身長はさほど高くはないが、がっしりとした体格で、スーツを着込んでいた。

応接室に通され、名刺を交換する。

五反田署刑事課　巡査部長　中窪由紀子。

三十を少し越えたくらいの年齢だろう。化粧は薄いが、整った顔つきだ。ショートカットが表情を引き締めている。

「担当を引き継ぎました。よろしくお願いします」

向き合って座った中窪はそう言って軽く頭を下げた。

「ご遺族は地方にいらっしゃいますので、都内に在住のご関係者のかたということで来ていただきました」

なるほどと納得した。とはいえ、捜査で新しい事実などが出てこないかぎり、関係者に連絡をしないのが普通だ。

「正直にお話ししておきますが、わたしは刑事課に配属されてまだ半年です。継続捜査をいくつか任されたのですが、事件当時の状況を把握しておきたいと思い、来ていただきました」

「どういうことでしょうか」

「個人的にということなんですが、継続捜査をする場合、捜査資料のみを見ていてもわからない部分が出てきたりするので、そういった点を確認したいと思いまして」

ということは、きちんと捜査しようとしているらしい。明美にしてみれば、歓迎すべき話だ。刑事課に配属されて半年というのが危うい気もしたが、それだけやる気があるとも受け取れる。

明美は事件の経緯を丁寧に説明していった。中窪はそれを聞きつつ、資料に目を通していく。

ひととおり説明を終えると、中窪は礼を口にし、今後捜査に進展があれば明美に連絡すると告げた。

「穂村さんの方でも、なにか思い出したら連絡をいただけると助かります」

そう言って送り出された。

五反田駅へ向かいながら、ふと思った。

——自分の知らない要一が、いたのだろうか。

二年前にも頭をかすめたことはあったが、改めて中窪と話してみて、ふたたびその思いが起こった。四六時中一緒にいたわけではない。互いにひとりの時間は尊重していた。むろん、浮気など疑ったこともない。信頼していた。

しかし、なにか隠し事をしていて、それが事件のきっかけになっていたとしたら、中窪はそれをほじくり返そうとしているとも言えた。そこから犯人につながる手がかりが出てくる可能性はたしかにある。だが、いまの明美にとって、それは迷惑なことのようにも思われた。仕事に集中できなくなる原因にもなりかねないし、同時に、要一の記憶を汚されることにもなる。

そう考えると、多少不愉快な気分になった。このまま帰ると、どっと落ち込む可能性もある。

ふと、奥野孝子のマンションに行ってみようかという気になった。

停職の事情を聞きたかったし、自分の身の上を話したいとも思った。三日に一度は酒を飲む仲間にもかかわらず、互いの身の上を深く話したことはない。

携帯のメモリーに入っている奥野の番号にかけてみた。行ったことはなかったが、目黒が最寄りの駅だということは知っていた。

呼び出し音は鳴らず、「電波が届かないところにいるか、電源が切られています」と案内が伝えてくる。

しばらく考えて、町村にかけ直した。

「どうかした」

ぞんざいな声がすぐに返ってくる。背後でテレビのドラマが流れているのがわかった。

「奥野さんの住所、知りませんか」

しばし間があった。

「なんで」

「いえ、なんとなく」

「行くつもりなの」

「非番だし」

また、間があく。

「行ってどうするのよ」

「どうって」

「行ってもどうにもならないでしょうに」

「まあ、そうなんですが」

「好きにすればいいけどさ」

町村は投げやりになりつつも、住所を教えてくれた。メモして、通話を切った。

携帯をしまい、目黒まで山手線で向かった。

繁華街と反対側の橋を渡ったあたりに、マンションはあった。

五階にエレベーターで上がり、ドアの前に立つ。インターホンを鳴らしても、返答はなかった。

外出しているのかもしれない。無駄足だったか。

エレベーターへ引き返そうとすると、買い物袋を下げた女が、小さなこどもの手を取って歩いてきた。すれ違って様子をうかがっていると、奥野の隣の部屋のドアを開けようとしている。

「すみません。奥野さんはいらっしゃらないんですか」

急に声をかけられた母親は、ドアを開けてこどもを先に部屋に入れてから、明美に向き合った。

仕事の同僚だと告げると、母親の顔から不審げな色は消えた。

「田舎に一週間ほど行くって、言ってましたけど」

「田舎ですか」

「ええ。家族のお墓参りでもしてくるって」

「どちらなんでしょうか」

「宮城とか聞きましたよ。津波でみなさん亡くなったとか」

明美は一礼してその場を立ち去った。

奥野が宮城の出身だということも、家族を津波で亡くしたということも知らなかった。本人が話したいと思っていないことを無理に聞き出したような嫌な気分になった。大手企業で秘書課に勤めていた奥野がそこを辞めて地下鉄の警備をしている事情が、そこにある気がした。

――自分には肝心なことはまるで見えていないのかもしれない。奥野のことも要一のことも。

結局その日は夕方にも十キロのジョギングをして、頭からもろもろの戸惑(とまど)いを振り払った。

五

「きょうはわたしに同行してもらう」

翌朝出勤し、点呼を取るために三木の前に立つと、明美はそう命じられた。

「ですが、勤務は」

「本部に言って勤務扱いにしてもらうことになっている」

いままでそんなことはなかったから、問うつもりで三木の顔をまじまじと見た。

「きみが届けた忘れ物の件だ」

最小限のことを三木はこたえ、立ち上がって一緒に来るようにとうながした。

渋谷の詰所を出ると、半蔵門（はんぞうもん）線に乗り込み、そのまま九段下まで行った。九時を過ぎても、まだかなりの混みようだった。

「なにか問題でもあったのでしょうか」

思い切って尋ねると、飯田橋に着いてから説明するとだけ三木はこたえた。

いまは明美の上司である三木だが、亡くなった父親の友人でもある。とはいえ父親と一緒にいるところを見たこともないし、家にやってきたこともない。父の法事で見かけたことはあったが、詳しい関係も知らなかったのだ。

だが、母親は当然三木を知っていたはずで、地下鉄警備の仕事を明美に持ちかけてきたのも三木から促されたからではないかと思っていた。むろん、互いに公私の別はわきまえていたが、そんな事情があるから気づまりになることもある。二人だけになったいまも、なにを話していいかわからない。

そこでふと、奥野のことを訊くいい機会かもしれないと思った。

「まったく別の話なんですが、お聞きしてもいいでしょうか」

並んで吊革につかまったまま、三木に顔を向けた。

「なんだね」

「奥野さんのことです」

そう前置きして、奥野と女子高生とのいきさつを知りたいと告げた。

「同僚ですし、仕事帰りに一緒に飲んだりしてもいるので、そんなことをしたのが信じられないんです」

周囲の乗客の耳を気にして、言葉が抽象的になる。

黙って聞いていた三木は、視線を向けずに声を低めた。

「本人から聞いていないのかね」

「いま宮城に行ってしまっているらしくて」

一瞬、三木が意外そうな表情になった。

「そうか。それじゃ家族が津波で亡くなった話も」

「はい」

三木がちらりと目を向けてきた。人づてに聞いただけだが、そこまでの話をしている間柄だと受け取ったのだろう。

「わたしも面接のときに聞いただけだが、理解してくれている者がいた方がいいかもしれない。個人的な話だから口外しないでほしいが」

そう前置きし、三木は話し出した。

三木の説明によれば、奥野はもともと厳格な両親と折り合いがよくなかったらしい。地元の大学に行けという両親に逆らって東京の大学に入った。奨学金とバイトで金を得て、仕送りはもらっていなかった。その後大手企業に就職し、ほとんど絶縁していたという。

「自分は親を見捨てたんだと、彼女は言っていた。そうするのが当然だと思っていたとも」

三木の口調には悲しげなものがあった。

ところがそこに起きたのが、東日本大震災だ。

テレビで中継される津波の状況を見た奥野は、愕然(がくぜん)とした。あれほど嫌っていたはずなのに、取り返しのつかないことをしたという気持ちがこみ上げてきた。こんなことになるなら、両親との関係を修復しておくべきだった、と。

「それがきっかけで、勤めていた企業も辞めた」

「そうだったんですか」

「人のためになる仕事に就きたいといって、応募してきた」

罪滅ぼしといえば大げさだが、そんな気持ちがあったのかもしれない。

「奥野くんが問題を起こしたとき、四ツ谷駅で人身事故があった。丸ノ内線でホームドアを乗り越えて列車に飛び込んだ」

それは知っていた。勤務中に無線で事故や事件については逐一指令室から連絡が入る。

「あとでわかったが、生活が苦しく鬱になっていた若い女性だった」

遺書がホームのベンチに置かれていたという。

「奥野くんの乗っていた列車は池袋で停車していた。たまたま近くにいた女子高生のひとりが、周囲に聞こえるほどの声で不満を漏らした。それを聞いて、奥野くんはその女子高生の腕を取ってホームに連れ出した」

「女子高生はなんて言ったんですか」

ひと息の間があった。

「人に迷惑かけて死ぬんじゃねえよ」

たとえ思ったとしても、口にすべき言葉ではない。奥野もそういった意味を込めて注意したらしい。

「注意されて自分の言葉のひどさに気づいたなら、奥野くんも平手打ちまではしなかっただろう。しかし、相手は口ごたえした。女子高生本人も、その点は認めている。女子高生は、こう言ったそうだ」

またひと息間があった。

「負け組のクズがひとり死んだだけじゃないか」

奥野が家族を理不尽な形で失っていなかったとしても、平手打ちのひとつくらい食らわしてやって当然だと思った。その場で対応したのが明美だとしても、手を出すかどうかはともかく、それくらいの憤(いきどお)りは覚えただろう。

女子高生を引き取りに来た母親も悪びれた様子を見せず「人生は勝ちか負けなのは、本当じゃないですか」などと口にしたらしい。どういう基準で勝ち負けを分けているのか知らないが、勝っていればなにを言ってもいいというわけではないだろう。

「人を人とも思わない言動が、我慢できない。聞き取りで、彼女はそう答えた」

三木の言葉が重々しかった。

空手三段の奥野であれば、通常なら暴力をふるうのを思いとどまるだろう。しかし、痴漢の一件といい、女子高生の件といい、思いとどまるよりも怒りが勝ってしまう瞬間があるのだ。

「ともかく被害届を出さないようにしてもらったが、勤務中の件だからな。停職ということになった」

それ以上のことを三木は口にしなかった。

「そうでしたか」

「他言はしない方がいいだろう」

「はい」

明美には特別に事情を教えたのだというわけでもないだろうが、三木は重ねて口止めをした。

そのあと九段下で東西線に乗り換えたあと、飯田橋駅に到着するまで、当然というべきか、互いに黙りこくってしまった。


飯田橋駅までが長く感じた。

やっと駅に降りると、連絡通路を南北線へと向かう。事務室の前を行き過ぎ、目黒方面の改札まで進んだ。

改札近くの表示に従い、「お忘れ物総合取扱所」の前にたどり着くと、ドアを開けて入っていく。

受付で名乗るとすぐさま奥に通された。

「お待ちしていました」

事務室内の応接スペースに待機していた男が立ち上がって一礼した。中年の眼鏡をかけた制服姿の男で、担当主任の駒田と名乗った。

挨拶を済ませ、その駒田と向き合い、明美は三木と並んで腰を下ろした。

「ひとつテストしようか。地下鉄内の落とし物について研修を受けたはずだが、覚えているかな」

三木が尋ね、駒田もちょっと興味ありげに視線を向けてきた。明美は基本的な点を口にした。

「忘れ物や落とし物については、大きくふたつに分けています。ひとつは、傘やハンカチ、ペン、スマートフォンなど、よくある落とし物で、もうひとつは、めったにないような品物。たとえば披露宴の引き出物や家電製品など」

それぞれについて所有者が特定できるものとそうでないものという区別もある。各駅に届けられた品物は、当日は駅に保管するが、それ以後四日間は飯田橋の「お忘れ物総合取扱所」に保管される。それまでに名乗り出る乗客がいなかった場合、警視庁の遺失物センターに移送され、そこで三か月保管ということになる。

警視庁の遺失物センターも、飯田橋駅のすぐ近くにあった。

「お見事です。私服警備のかたにお会いするのは、たぶん初めてですが、研修ではそんなことも覚えるんですね」

駒田が感心したように微笑んだ。「たぶん初めて」というのは、私服だから警備員かどうかわからないまま、単なる乗客として接していたことがあったかもしれないということだ。

「つまり、きみが届け出た忘れ物は、きょうまではここにある。しかし、明日には警視庁に移る」

三木が念を押すように言った。明美はうなずいた。

「その品物は、所有者が確認できる物だったかな」

「いいえ。ですが、めったにない品物です」

「半年で四件あるというのは、めったにない品物と言えるかな」

「四件、ですか」

三木に問われて意味がわからず、訊き返していた。すると、向かいから駒田が苦笑気味に口を開いた。

「この半年で、地下鉄内の忘れ物として遺骨が三つ、忘れ物として届けられています。あなたの見つけた物を入れて四件」

「めったにないというのはわたしの思い違いだったんですね」

駒田が片手を振った。

「いや、思い違いじゃありません。たしかに本来なら、めったにない忘れ物なんですよ。十年に一度あるかないか。それがこのところ立て続けにあったわけです」

最初は今年一月に護国寺駅に届けられた。有楽町線の新木場行き車両の棚にあったという。

二件目は三月の終わり。白金高輪駅に届けられた。都営三田線日吉行きの車両で見つかった。

三件目が五月の半ばに新宿線浜町駅に届けられた。本八幡行きの車両で、やはり棚の上にあったという。

「そしてあなたが見つけたのが四つ目というわけです。こうも連続して遺骨が忘れ物になるというのは、おかしいと思いませんか」

たしかに異様かもしれない。墓がなくて持て余した者が、そう立て続けにいるとは思えなかった。

「これまでの三つは、持ち主は現れたんでしょうか」

思いついて尋ねると、駒田が三木に目配せした。

「三件とも、名乗り出た者がいる。特に問題なく引き取っていった」

三木の言葉を受けて、駒田が言葉をついだ。

「ふつうは、名乗り出ますね」

駒田の話では、それ以前の記録でも持ち主が名乗り出てこなかったのは一件だけだったという。

「たいてい高齢の夫婦のどちらかが亡くなって、葬儀を終えたあと、近くに墓を買うだけの資金もないまま、どうしていいかわからなくなって地下鉄に放置してしまう。ですが、すぐに思い直すようです。遺骨になってしまったとはいえ、長年連れ添った相手ですからね。受け取りに来たときには、自分のしでかしたことを反省して、なかには泣き出すかたもいます」

「しかし、今回の三件は意図的に地下鉄に放置したわけじゃない。うっかり忘れたというんだ」

三木が明美に顔を向けてつづけた。

「人には事情がある。やむにやまれず地下鉄に置き去りにすると決断して、いったんはそうする。しかし、思い直して名乗り出る。そういった状況に追い込まれた人が同じ時期に何人もいるというのは、わからなくはない。だが、三人が三人ともうっかり忘れたというのは、なにかしら不自然な気がするんだが」

これが傘や携帯といったものなら、話は逆だ。うっかり忘れたという理由の方が納得がいくかもしれない。だが、連れ合いの遺骨なら、大事に家まで持ち帰って墓に収めてやらなくてはと考えているはずだ。そんなものをうっかり忘れる方が納得しにくい。それが半年のうちに四件も起きたのだ。

三木の言いたいことは、そういうことらしい。立て続けに遺骨が「忘れ物」として届けられたことに、なにかしら疑念を抱いているようだ。

「いままでの三件は、一般乗客が棚にあるのを発見して届けてくれている。当然ながら、誰が置いていったのかわからない。目撃者もいない。しかし、今回はたまたまきみが棚に置いた可能性のある人物を覚えていた。そこで、これから受け取りに来る人物を確認してほしいんだ」

ここに同行させたのは、そのためだという。

「ですが、それを確認してどうするのですか」

「棚に置いた人物と同じ人物が引き取りに来るのかどうか、それを確かめたい」

そんなことに意味があるのか。

尋ねかけたとき、受付から声がかかった。

駒田が立ち上がって出て行き、すぐに戻ってきた。

「来ました」

短く告げて、そのまま保管庫へ向かっていく。

「あらかじめ、遺骨を忘れたという申し出があったら、受け取りの日時を指定してほしいと頼んであった。そして、昨日遺骨を忘れたという電話があった」

三木が立ち上がりつつ、そう言った。忘れ物を取りに来る日時は客しだいでどうとでもなる。だが、こちらがわざわざ日時を指定したというのだ。

明美は促されて立ち、受付のカウンターが見える物陰まで三木とともに向かった。

カウンターには開襟シャツ姿の老人が立っていた。白髪をぴっちり固めて七三に分けており、どこかの役員でもやっていそうな雰囲気だ。ループタイが洒落たいで立ちに映る。

「どうだ」

三木の問いに、明美は記憶を呼び戻す。

いや、呼び戻すまでもなかった。棚に遺骨を置いた可能性のあるふたりの、どちらとも似ていない。

ひとりは茶髪の若い男。もうひとりは禿げ頭の老人。いま目にしている老人はどちらでもない。

「あの人じゃありません」

横で三木が重々しくうなずいたのがわかった。

駒田が保管室から紫の風呂敷に包まれた遺骨を抱えて出てくると、カウンターにそれを置いた。

老人は頭を掻きながら謝っている。それから必要な書類にサインをし、遺骨を受け取って相談所を出て行く。

「よし、行こう」

「え」

「尾行するんだ」

当然のごとく三木が告げた。

六

老人は大江戸線の改札へ向かって行く。

いったい自分はなにをしているのか。

並んで尾行している三木に聞きたかったが、いまは説明してもらえる状況ではなさそうだった。その横顔には厳しい気配があった。おそらく防犯課時代の三木は、いつもそんな顔をしていたに違いない。

改札を入り、老人はそのまま、やってきた列車に乗り込んだ。

明美たちはひとつ隣のドアから乗り込み、ドア脇に立つ。老人は風呂敷包みを抱え、空いた席に腰を下ろしている。尾行されていることにはまるで気づいていないようだ。

蔵前（くらまえ）駅に到着すると、老人はすっと立ち上がって列車を降りた。

風呂敷包みを片手で抱えたまま、老人がポケットから紙片を取り出すのが見えた。それにしばし目を落としてから、駅にある案内表示の前に立った。行先を確かめたらしく、再び歩きだす。このあたりの住人ではないのかもしれない。

地上に上がると、江戸通りに沿って進んでいく。

まだ昼前だが、ちらほらと人通りもある。しばらく行くと、左手に折れ、そこにある公園に老人は入っていった。蔵前公園というらしい。

こども連れの母親たちが集まっているのが見える。その横を通って、老人はベンチに腰を下ろした。腕時計に目をやって、それからあたりに視線を向ける。

「誰かを待っているようですね」

公園の外から植え込みをすかして監視しつつ、明美はつぶやいた。

「少し離れよう」

三木の指示で、配送トラックの陰に隠れた。ちょっと立ち話をしているような素振りをする。

五分も経たずに、ひとりの男が反対側にある公園の入り口から姿を現した。黒のスウェットの上下、サンダルをこするように歩き、両手はポケットに入れている。二十代だろう。ぼさぼさの髪の毛は寝起きらしい。警戒をしている様子はない。

老人を見つけると、片手を上げてみせた。老人もそれに応じて片手を上げる。

近づいた男は無造作に老人の横に座ると、ポケットから何枚かの紙幣を取り出し、老人に渡した。枚数を確かめた老人が、抱えていた風呂敷包みを男に渡す。

男は風呂敷包みの結び目を持って立つと、ぶらぶらとさせながら来た方角に戻っていく。

老人も腰を上げ、浅草線の蔵前駅の方角へ戻っていく。

「きみは老人を尾行してくれ。わたしは男を」

命じると、三木は返事を待たずに男の後を追って行ってしまった。

明美は言われた通りに老人の尾行をつづけた。

老人は、今度は都営浅草線に乗り込み、人形町（にんぎょうちょう）で降りた。

玩具店に入り、そこでこども向けのブロックのおもちゃを買うと、横道に折れた。庭つきの家の門を開け、玄関のところで「ただいま」と言って中に消えた。

ここが老人の住居なのだろう。

縁側のある家で、そのガラス窓の向こうに、老人が五歳くらいのこどもに先ほど買ったおもちゃを手渡しているのが見えた。こどもは飛び跳ねて喜んでいる。妻らしき老婆もその横で微笑んでいた。

いったいなにが起きているのか。

飯田橋で遺骨を受け取った老人を尾行してからの一連の出来事を振り返っても、わけがわからない。老人の妻は健在のようだ。となると、あの遺骨は誰のものだろう。

門にはめ込まれている表札によれば、老人は竹中清(たけなかきよし)というらしい。

明美は腹をくくり、その門を開け、玄関でインターホンを鳴らした。

返事とともに竹中清が玄関のドアを開いた。明美は身分証を呈示し、すぐ本題に入った。

「地下鉄で勤務している者ですが、ちょっとお話をお聞きしたいんです」

「はあ」

竹中は不思議そうな顔でうなずいた。

「さきほど飯田橋で忘れ物をお引き取りになりましたね」

なんだそんなことかと言いたげに、竹中の相好(そうごう)が崩れた。

「それが、なにか」

「忘れ物をされたご本人じゃありませんね」

少し目を足元にうろつかせたあと、竹中は片手で頭の後ろをはたいた。自分のやったことがまずいことだったらしいと気づいたようだ。

「弱ったたな。代理で受け取りに行ったんですがね。決まりに違反でもしたんでしょうか」

「忘れ物ですから。忘れた本人でないと」

「ああ、そうですよね」

「誰かに頼まれたんでしょうか」

「ええと」

「ご説明いただけますか」

そこへ奥から駆けてきた小さな姿が現れた。

「じいじい」

たどたどしい口調の呼びかけに、竹中はあわててかがみ、こどもの頭を撫でた。

「いい子にしていてな。すぐ行くから、な」

こどもは素直にうなずいて、ちらりと明美に視線を走らせると、また奥に駆け戻っていった。

「外でいいですか」

竹中は玄関のドアの外に出てくれとうながした。話が聞けるのであればどこでもいい。

明美はドアの外で竹中と向き合った。

「単発のバイトでしてね。携帯の求人サイトで見つけまして。忘れ物をした本人の代わりに受け取りに行くだけの簡単なものと言われて」

「とすると、あの遺骨は竹中さんとはまったく無関係のものということですね」

「はい。申し訳ありません」

「遺骨を渡した先ほどの相手と面識はあったんですか」

驚いたような目が明美にあてられた。見られていたことが意外だったのだろう。

「初めてです。サイトで連絡されて、その通りにやっただけでして。ほかに誰にも会っていません」

「そうですか」

「あの、逮捕されるんですか」

「わたしは地下鉄の職員にすぎません。もしかすると警察から事情を訊かれるかもしれませんが」

「受け取った報酬も返さないとなりませんかね」

明美には、そこまでの判断はできなかった。

あらためて連絡をするかもしれないとだけ告げ、辞した。

少し歩いて竹中の家から離れた場所に来ると、携帯を取り出して三木にかける。

「老人の家を特定しました。名前は竹中といいます。竹中清」

ざっと事情を説明する。

「了解した。きょうの勤務は終了していい。それから、この件はまだ誰にも言わないように」

そこで通話が切れた。三木の方はまだ尾行が続いているらしかった。

——なにかしら深刻な事態が起きている。

そう感じつつ、明美は人形町駅に引き返し始めた。

七

事情がわかったのは、五日後だった。

遅番で昼の十二時に出所した明美に、三木が伝えてくれたのだ。

警視庁が麻薬売買の容疑で七人の男を逮捕したという。

「きみのおかげだ」

そう言われても、ぴんとこなかった。

三木が説明してくれたところによると、半年ほど前から都内に出回る覚醒剤の量が増えていたらしい。新しいバイヤーが参入した気配があった。だが、流通ルートがはっきりしない。卸と小売の接点が摑めない。

そんな話を耳にしていた三木が、地下鉄で遺骨の忘れ物が多いことに気づいた。もしかすると骨壺に入れた覚醒剤を忘れ物という形で届け出て、「お忘れ物総合取扱所」を仲介にして取引をしているのではないか。

元刑事の直感が、そう思わせた。

骨壺に入っているのは当然遺骨だと思われるし、蓋が開かないように針金でしっかり止められてもいる。わざわざそれを開けて中身を確認することはしないし、するべきではない。

その先入観を利用しているのではないかと考えたのだ。

しかも、今まで置き忘れたという人物と受け取りに来た人物が同一人物かどうか、確認する機会がなかった。もし、別人なら覚醒剤の取引に利用されている可能性は高い。私服警備員がいるとは気づきもせず、棚に遺骨を置いた結果、それが確認できたということだった。明美が見た禿げの老人が棚に置いたのではなく、茶髪の若い男の方が置いたのも、はっきりした。

しかも「忘れ物」が確実に駅に届けられるのを確認する役割の者がいた。持ち逃げでもされれば損害どころか犯行が発覚してしまう可能性もある。グループの一人が直接駅事務室に届けることも考えたが、防犯カメラに人相を残すのを避けたのだと自白しているという。

とすると、明美が遺骨を届けるのを見張っていた者がいたのだ。まるで気づかなかったと知り、仕事柄明美は少しばかり恥じ入ったものだ。

それはともかく、三木が尾行した男は、骨壺を持って近くにあったマンションに入っていったらしい。周辺住民によれば、その部屋には若い男が何人もひっきりなしに出入りしており、得体が知れないと思われていた。卸から渡った覚醒剤をパケに分け、売りさばく拠点のようだった。

三木はそこまでたしかめて警視庁の知り合いに通報をし、警察が踏み込んだ。その結果、芋づる式で覚醒剤を製造していた房総（ぼうそう）の卸グループと小売りの組織も摘発できたという。

　老人たちは、ようするにその組織の「運び屋」だったことになる。単に小遣い稼ぎのために雇われただけで、受け取った骨壺を指示された場所で渡せば、金がもらえるという仕組みだったらしい。

　誰もが「簡単なアルバイト・高齢者限定」という携帯の求人で集められていた。別の高齢者が忘れ物をしたが、飯田橋まで行くだけの体力がない、そこで代わりに本人になりきって荷物を受け取ってきてほしいと指示された。

　周到にも、老人たちを使うのは一回限り。言い方は悪いが「使い捨て」だった。忘れ物を受け取りに同じ人物が飯田橋の「お忘れ物総合取扱所」に顔を見せるのはまずい。報酬は五万。「使い捨て」とはいえ、決して悪くはない。自分の自由になる金が入る、孫におもちゃを買ってやれるなどという動機から引き受けていたという。

　まっとうに働いて老後を迎えたのに、余裕のある生活もできない。ちょっとでも金になるならと、バイトに手を染めてしまったということだ。そういう老人たちを犯人たちは利用したことになる。

「運び屋」として利用されていた高齢者は五十五人。つまりいままで少なくとも五十五回は覚醒剤の取引に地下鉄の「忘れ物」が利用されたことになる。高齢者たちは警察でそれぞれ事情を訊かれており、そのうち二十六人は女性だった。

　五十五回ということは、覚醒剤の取引に利用されていたのは骨壺だけではなかったということでもある。忘れ物のぬいぐるみ、ダウンジャケット、枕など、詰め物がなされている品物が多数利用されていたことがわかった。最初は、そういった様々な品物が利用されていたのだが、一気に大量の覚醒剤を運び、なおかつ内容が発覚しにくいものとして骨壺に行きついたようだ。

この事態を受け、地下鉄だけでなく、鉄道各線は忘れ物の点検と見直しをせざるを得なかった。爆発物がまぎれている可能性から、X線検査はおこなっていたが、これからは麻薬犬の採用も検討すべきだという意見もあるらしい。

「老人たちは無罪というわけにはいかないだろうが、当人が覚醒剤を取り扱ったわけじゃないし、騙されて利用されただけだから、起訴はされないと思う」

それが三木の見立てだった。

「乏(とぼ)しい年金暮らしでは、孫にお菓子のひとつも買ってやれない。自分にもできる手軽なバイトだと考えたんだろう」

説明を聞いているあいだは自分とは別世界の話のように思っていたが、そんなことはない気がしてきた。

「極悪人のようなやつを捕まえたい」と原口由紀が口にした言葉が浮かぶ。じっさいにそんなことはめったに起こらないと漠然(ばくぜん)と考えていたが、もしかすると気づかないだけで身近にそういった世界とのつながりというのが、あるのかもしれない。

地下鉄にかぎらず、交通機関はまったく無関係の者たちが、たまたま乗り合わせる。そこには、乗客ひとりひとりの世界がある。見えているようで見えていない世界がいくつもあるのだ。もちろん、それらがすべて犯罪につながっているとはかぎらない。いや、犯罪につながっているものの方が少ないはずだ。

しかし、見知らぬ人と人がすれ違う時、なにかのきっかけがあれば、それがいいものか悪いものかは別にして、つながりができる。

それが人間関係なのだという、当たり前のことに気づいた。

「連中には、わからなかったのかもしれない」

ぽつりと三木がつぶやいた。

明美が問うつもりで目を向けると、ため息をついた。

「遺骨をうっかり忘れるような者が、そういるはずがない。わかっていないんだ、人の気持ちというものが」

口を引き結んだ三木は、我を取り戻したようにため息をついた。

「ともかく、そういうことだ。きみには力を貸してもらった。わたしからもお礼を言わせてもらう」

「そんな。ただ仕事をしたまでですから」

そう答えたとたん、明美の頭をふとかすめるものがあった。

一見関係はなくとも、どこかでつながっているかもしれない。

「あの」

「なんだ」

「その捕まえた犯人の中に」

最後まで聞く前に、三木はすぐ明美の思いを見て取ったようだった。

「きみの見つけようとしている犯人に合致する者はいなかった」

きっぱりと答えられてしまった。

「そうですか」

「まあ、取り調べの中で、それらしき男の話が出るかもしれない。もしなにか手がかりになるようなことが出れば教えてくれるように頼んである」

思いがけない言葉だった。亡くなった父親の友人だったとはいえ、仕事上では上司と部下という関係を崩したくないと思っていた明美としては、それとなく気を配ってくれていたことが嬉しかった。

「ありがとうございます」

深々と頭を下げた。

「それじゃ、点呼を」

素早く三木は態度を改め、明美も背筋を伸ばした。

きょうは有楽町線、半蔵門線、銀座線を回るように指示され、事務室を出かかったところで、不意に肩を叩かれ振り返った。

奥野孝子がそこに立っていた。ちょうどロッカールームから出てきたところらしかった。

「あ、おかえりなさい」

つい口をついて出ていた。宮城に戻っていたことを本人から聞いたわけではなかった。

「ごめんね。みんなに迷惑かけちゃったわ」

きょうから仕事に復帰するという。一見すると、以前と変わりはないようだった。大手企業の秘書然とした服装も、落ち着いた表情と身ごなしも、変わってはいなかった。

「今夜は復帰祝いですね」

明美が言うと、奥野は微笑み、肩からかけていたバッグに手を入れ、小さな包みを取り出した。

「これ、おみやげ。ずんだもち。宮城の実家に帰っていたの」

「そうなんですか」

答えつつ、包みを受け取った。「実家」と口にしたが、深く訊くのは、はばかられた。

「それじゃ今夜エルニーニョで」

「はい」

頭を下げて点呼に向かう奥野を見送り、明美は事務室を出た。

理不尽な形で家族を失った奥野は、人を人とも思わない相手に怒りを向ける。人の死を軽くあしらう者に我慢ができない。

それをいけないことだと、明美が断定できる立場にはいない。

ここにも、見えているようで見えていない世界があった。

第三話　誰の命令ですか

一

半蔵門（はんぞうもん）線神保町（じんぼうちょう）駅の改札を出たところにあるコンビニに入りかけると、町村光江（まちむらみつえ）のどっしりした姿を店内に見つけた。

穂村明美（ほむらあけみ）はまず目を疑い、こんなこともあるのだなと口に出さずうなった。

私服警備員は地下鉄の路線に散らばっているので、まず出くわすことはない。そもそも全員の顔と名前を覚えているわけでもないから、すれ違っても相手が警備員なのかどうかわからない。

明美と町村は詰所が同じ縁で「飲み仲間」でもあるから気づけるが、それでもいままでばったり出会ったことはなかった。珍しいと言えば言える。

明美は素知らぬふりで店内に入り、ぐるりとフロアをひと回りしてから町村が立っている雑誌売り場へそっと近づいた。

後ろに立っても気づかない。熱心にレディースコミックを立ち読みしている。「嫁姑（よめしゅうとめ）のどろどろ」という惹句（じゃっく）がちらりと見えた。

実に町村らしい好みだった。

たいていの雑誌にはテープで封がしてあり、立ち読みできないようになっている。町村は堂々と、そのテープを剝（は）がして読んでいた。

「そういうの、よくないんじゃないですか」

耳元で囁（ささや）くと、町村のたるみかけた頰がびくりとして、振り返った。

「なんだ、驚かさないでよ」

口ではそう答えたが、顔には驚きとばつの悪さが浮かんでいる。が、それでも雑誌を閉じようともラックに戻そうともしない。

「こんなとこでさぼってたら、原口（はらぐち）さんのこと言えないじゃないですか」

「一緒にしないでよ」

ぐいっと肘（ひじ）でつつかれた。

飲み仲間の原口由紀（ゆき）は明美と同年代で、私生活ではかなり遊び歩いている。会社勤めが嫌になってこの仕事に転職したらしいが、勤務もさぼりがちのようだ。町村がそれと一緒だとは思わないが、だからさぼっていないとは言えまい。

すると続けて、町村が鼻を鳴らした。

「そういうあんただって来てるじゃないのさ」

「わたしは夕飯を買いに来ただけですよ」

「へえ」

信じていない口ぶりだった。勤務時間のうち、一時間は休憩を取っていいことになっている。とはいえ、自己裁量にまかされていて、厳密に決められているわけではない。だから、規定以上の時間を休憩にあてている者もいるかもしれない。

一応身分証にＧＰＳはつけられているが、三百人もの人員を本部がチェックしているとは思えなかった。査察官が警備員と同時に何人か地下鉄内を回っていると聞いたこともあるが、噂以上のものではなかった。もし本当に査察官がいるとしても、警備員を見つけることは、むずかしいだろう。

警備員も警備員で、考えようによっては地下鉄に乗り続けているだけだから、ずっと「休憩」しているという見方もできるわけだ。どこからどこまでが仕事で、どこからどこまでが休憩か、そのあたりの服務規定は、いまのところはっきりとしていない。

正式に導入することになったとき、どうするのかは上層部が考えればいいことだ。明美たちは一種のテストケースとして採用されているに過ぎなかった。

ただ、いい加減な勤務をする者が多ければ、導入が決定されたとき、服務規定が厳しくされるだろう。個人がひとりひとり任務の自覚を持っていれば、規定はそう厳しくはなくなる。

「そういえば、きのう休みだったね、さぼり名人」

原口のことを言っているらしい。

たしかに昨日出勤したとき、ボードの欠勤欄に名前があった。

「でも、きょうは出てるみたいでしたよ。ボードに名前なかったし」

「ま、いてもいなくても仕事に支障はない。とまでは言わないけどね」

「仕事はともかく、飲み会にはぜひとも必要な人だとは思います」

町村が、ははっと短く笑った。

「そりゃ言えてるか。酒につられてご出勤てとこだね」

「ですね」

そこでふと町村が珍（めずら）しそうな目を向けてきた。

「なんだか、あんたも」

「なんですか」

「はじめて飲みに誘ったころはがちがちな感じだったけど、面白いこと言うようになってきたなと思ってさ」

「え、そうですか」

町村が大きくうなずいた。

「見てて、肩の力が抜けたっていうのかな。余裕が出てきたね」

そうかもしれなかった。自分では気づいていなかったが、町村たちと接するうちに心に余裕が出てきたのだろう。もともと歩いていた道を外れてこの仕事に就いたのは事実だし、二年間精神的に落ち込んでいた自分が、少しずつ立ち直ってきた証拠かもしれなかった。

それを面と向かって指摘され、明美は面映（おもは）ゆかった。

なんとなく話題をそらされてしまったが、原口と一緒にされたくないというなら、町村はなぜここで時間を潰しているのだろう。

あらためて尋ねかけると、町村は腕時計に目をやってつぶやいた。

「そろそろ五時か」

いつから雑誌を読んでいたのか知らないが、悪びれた様子はない。町村も明美と同じ、十二時から勤務のはずだが、まさか十二時からずっとここにいたわけでもないだろう。

十二時から勤務につく遅番のとき、明美はたいていこの時刻に休憩を取る。少し早めの夕食を取って、午後八時まで勤務を続ける。それから町村、原口、それに奥野（おくの）と渋谷のセンター街にある「エルニーニョ」で一杯ひっかけるのが習慣になっていた。「酒につられて」原口が出勤したという嫌味は、そういう意味だった。

とはいえ、明美にしても、ほかの三人と飲むのは楽しみだった。

「きょうの担当はどこなの」

町村の質問に、明美は三田（みた）線と新宿線、それに半蔵門線だと答えた。

車内警備は毎回担当路線が変わる。同じ路線に乗っていると、一般客に明美たちの存在に気づく者がいるかもしれないからだ。あくまで一般客のふりをして乗車し、警備をしなくてはならない。

明美は半蔵門線で押上（おしあげ）まで行き、折り返してきたところだった。ちょうどいつも休憩を取る時間に神保町駅に到着したので、下車して夕飯を買おうと思ったのだ。ここのコンビニも何度か利用しているし、神保町駅の事務室で食事することも多かった。

「町村さんは担当、どこなんですか」

しらっと視線をそらし、聞こえなかった素振りを見せた。

「夕飯はなに食べるつもりなの」

「え、まだ決めてないですけど」

「だったら決めなよ」

町村は雑誌を閉じてラックに戻すと、弁当の並んでいるコーナーへ先に立っていく。町村も買うつもりなのかと思ったが、明美がサラダパスタを手にすると、なにも手にしないままレジへ向かっていった。朝と夕方の繁忙時（はんぼうじ）には三つのレジを開けるらしいが、普段はひとつだけのようだ。

夕刊紙と缶コーヒーを買った中年の男が支払いを終えたところで、入れ替わりに立った町村は、片手を軽く挙げてレジの中にいた女性に声をかけた。店内には三人ほど客がいたので、小声だ。

「きょうは大丈夫みたいね」

「いつも悪いわね」

レジの女性がこたえつつ、町村の後ろにいた明美に視線を向けてきた。町村と同年代の、五十歳くらいだろうか。コンビニの制服を着て髪の毛をあげているからはつらつとして、おまけに町村と違ってスリムだった。

「同僚なのよ。穂村さんていうの」

その言葉に、女性の目が見開かれた。

「あら、どうぞよろしく」

「こちら元売店のおばちゃん」

そっけない町村の口調に女性は苦笑した。

「なによ。ちゃんと紹介しなさいよ」

そう言ってから、今井(いまい)ゆかりと名乗った。

「昔はあちこちにあった売店で働いてたんですけれど、だんだん売店もなくなってきちゃって」

それでコンビニに転職したという。もともと地下鉄内の売店は東京メトロの関連会社が運営していたが、不景気で整理されてしまった。町村の夫が地下鉄職員という関係で、以前から顔なじみらしい。

明美が小さい頃は地下鉄の駅には売店がいくつもあったものだ。亡くなった父が運転士だったから、あちこちの売店でお菓子を買ってもらった記憶がある。

「あら、お父さんは地下鉄勤務だったんですか」

今井は嬉しそうに尋ねてきた。

「ええ。どこかでお会いしていたかも」

「なんだか、みんな身内みたいね」

町村と目を見合わせて、今井は笑った。

「あたしがいないとき、この人に頼むこともあるかもしれないからさ」

明美を指さして、町村が告げた。

「どういうことですか」

訊きかえすと、町村が声をひそめた。

「万引きよ」

売店のころはこぢんまりしていたからあまり万引きはなかったらしいが、敷地(しきち)が広く、商品も多くなったせいで、万引きが絶えないという。

何台か防犯カメラは設置されているが、営業中にモニターばかり見ているわけにはいかない。そのため、ときたま町村が見回りをしているらしかった。

「あたしら、警備員だから」

当然のように町村は胸を張った。

たしかに地下鉄構内にあるコンビニであれば、警備の対象と言えなくはない。もっとも、明美たちは列車内の警備が主なのであって、構内警備は別の話だ。

ただ、事情を聞いて、町村がコンビニにいた理由は納得できた。

自分の仕事の範囲を超えているとは思うが、さぼっているわけではないし、一概（いちがい）に悪いとは言えないだろう。

万引きが多発する時間帯というのは駅によって違うのだろうが、最近学校帰りの中高生が大人数でやってきたあと、品物がなくなっていることが多いと今井は説明した。防犯カメラの位置も把握しているらしく、仲間がそれを遮（さえぎ）っているあいだに品物を盗んでいく。しかもスリル半分に菓子などを盗っていくのではなく、高額な充電器やゲームが中身だけなくなっているという。

「で、毎日ってわけにはいかないけど、三時から五時あたりに見張ってたわけよ」

「そんなに多いんですか」

明美が今井ゆかりに尋ねると、悲しそうにうなずいた。

「その時間帯は、レジがひとつでしょ。支払いに気を取られていると、ちょっと」

いわゆるワンオペだから、目が行き届かないらしい。昔勤めていた売店も、もともとワンオペだったが、守備範囲は狭かった。

「ま、通りかかったら覗（のぞ）いてあげてよ」

無理やり「見張り」に引き込むつもりはないらしく、町村はそう言って明美の肩を叩いた。

「わかりました」

明美はひとまずそう答えておいた。もちろんなれ合いで引き受けるつもりはないが、決められた任務だけやっていればいいという考えもなかった。

スポーツドリンクを手にした男子学生がふたり後ろに立ったのに気づき、明美は手にしたサラダパスタを今井に差し出し、キャッシュレスで決済した。

「ありがとうございました」

今井の声が、なにごともなかったように明美たちを送り出した。

二

駅構内の売店は数が減ってしまい、いまでは小規模のコンビニに取って代わられている。

コンビニ以外にも、改札の外まで考えれば、地下鉄にたどり着く地下通路には、かえって店が増えたともいえた。一坪（ひとつぼ）ほどのスペースにアクセサリーを売ったりする店や、占いをやったりする店がある。少し大きい通路になると手作りの菓子販売、植木や花を扱っている店、書店まである。地下通路も東京メトロの所有のはずだから、そこを賃貸することで収入が発生するわけだ。

昔ながらの売店を常設するよりも効率がいいのかもしれなかった。

とはいえ、昔あった売店が懐かしいと明美は思う。

物心ついたころにはすでに数が減り始めていて、つい昨日まで開いていた売店にシャッターが下りて、「閉店のご挨拶」といった貼り紙がしてあったのをよく目にした記憶もある。

狭いスペースにチョコやガムやキャラメルなどがぎっしり詰まっていたイメージが明美にとっての売店だった。むろん、新聞や雑誌、酒、煙草、文房具、のし袋、切手といったものも売っていたはずだが、幼い明美にはお菓子のイメージが強い。

同時に父の思い出に、それはつながっている。

父の智彦は銀座線の運転士だった。

非番の日に田端にある実家から父と出かけると、いつも地下鉄に乗せられた。途中の駅で売店に寄り、そこで好きなお菓子を買ってくれる。目的地があった訳ではなく、地下鉄に乗ることが目的のお出かけだった。毎回違う路線に乗り、乗っているだけで父は楽しそうだったのを覚えている。もちろんそのとき制服は着ていない。

根っから電車が好きだったのだろう。実家にはいまでもミニチュア模型や鉄道雑誌がどっさり物置にしまい込まれているはずだ。

だが、ただ単に地下鉄に乗っているばかりではなかった。もちろん明美の前では単純に楽しそうにしていたが、それだけではなく、乗客の様子をしっかり見ていたようだった。

この仕事についてからふいに思い出したのだが、あるとき、サラリーマンらしき二人の男が胸倉をつかみ合ってののしっている場面に遭遇した。

明美が五歳くらいのときだったと思う。

どの路線だったかは思い出せないが、走行する車両の中でのことだった。肩がぶつかったとか、足を踏んだとかいう他愛のないことが原因だったのだろうが、どちらも引くに引けないらしく、互いに睨み合って怒声をあげていた。

それは幼い明美にとって恐怖だった。ふだんの車内とはあきらかに違っていたし、周囲にいた乗客たちも素知らぬふりをしつつ警戒感を漂わせていた。

「ここに座っていなさい」

並んで座席についていた父が、明美の頭を撫でて、そう言った。運転士をしていたからか、いつも言葉遣いは丁寧で、低く落ち着いた声だった。

そのとき、自分がどうしたのか覚えていないが、たぶんおとなしく言うことをきいて座席についていたのだろう。セーターにスラックス姿の父が揉めているふたりの方に立って歩いていく後ろ姿が記憶にあるのだから、間違いはない。

車内は数人が立っているくらいで、見通しは悪くなかった。車両はかなり揺れていたようだが、父は職業柄慣れているので、すいすいと歩いていった。

ふたりのところへ行った父がなにを口にしたのかわからない。が、ひとことふたこと言葉を交わしただけで、ふたりの男はそれぞれ申し訳なさそうに左右にすっとわかれた。

ちょうど駅に到着し、ひとりが父と喧嘩相手に頭を下げて降りて行った。もうひとりの男も深々と一礼し、隣の車両にそそくさと移っていった。

ふたたび列車は走り出し、父がいつものにこやかな表情で戻ってくるのが見えた。

薄ぼんやりしたその記憶が、この仕事についてから蘇（よみがえ）ってきたのは当然だったかもしれない。車内のトラブルを、父はいとも簡単に解決し、何事もなかったかのように戻ってきたのだ。まるで明美がこの仕事に就くことがそのときから決まっていたかのようにさえ感じた。

そういうのを「後付け」っていうのよ。

町村なら、そう言って笑ったかもしれない。

むろん後付けだろう。だとしても、あのとき父がどうやって、揉めていたふたりをあれほど短時間で和解させることができたのか、知りたかった。

もし同じ場面に出くわしたら、自分ならどうするか、この仕事に就いて半年過ぎていながら、答えは出ていない。じっさい、いままで何度か喧嘩している男たちを止めに入ったこともあったが、なんとかこなしてきたような具合だった。

喧嘩にかぎらず、あらゆるトラブルに対しては、そのときの状況によって臨機応変に対処すべきだし、トラブルを起こしている相手がどんな人間なのかを一瞬で見抜き、判断しなくてはならない。

研修では、そう言われただけだった。具体例はいくつか示され、対応の仕方も聞いた。だが、トラブルは人の数だけある。いや、人と人が揉めているなら、組み合わせはそれ以上だ。

それを全部演習するというのは無理な話で、結局現場で警備員が毎回対応を考える必要があった。それをこなしていくことで、徐々に対応方法を身につけていくしかないのだろう。

父もたぶん運転士として長年勤務していたからこそ、とっさに対処ができるまでになっていたに違いない。

コンビニを出て町村と別れたあと、駅の事務室で食事をしながら、明美はそんなことを考え続けていた。


残りの勤務を終え、渋谷駅にある詰所で点呼を終えると、明美の足は「エルニーニョ」へ向かった。

町村と会ったこと、万引き警備をしていたことは、明美から話題にはしないと決めていた。こういうことはどこから漏れるかわからない。決して悪いことをしているわけではないのだが、漏れた結果、町村が叱責を受けるようなことになれば、申し訳なかった。

しかし、その思いは杞憂だった。

それどころではなかったのだ。

「エルニーニョ」に着いてみると、町村たち三人はすでに来ていて、いつものボックス席に顔をそろえていた。そこへ進みかけたとき、まず目に入ってきたのが、原口由紀の泣き顔だった。

何人目かの「カレシ」に逃げられ、べそをかいていたのだ。

「ちょっと聞いてよ」

明美を見つけた原口は大声で呼びつけ、出会いから逃げられるまでの話を、ウイスキーのロックと何本かの煙草とともに聞かされた。

ろれつの怪しくなった口調で説明したところによれば、二か月前に六本木のクラブで知り合った「商社マン」で、ここ十日ばかりは原口の部屋に居ついていたらしい。ところがその相手が三日前に出て行ってしまった。原口が遅番で出勤したときには笑顔で送り出してくれたが、帰ってみると男の荷物はなくなっていた。

奥野と町村が平然と聞き流していたのをみれば、店に到着した順に同じ話を聞かされたのだろう。

「見る目がないんだって、あんたは」

ひととおり明美に話し終えたのを見計らって、町村が説教まじりになだめた。

「だって結婚するって約束したのに」

泣き声で叫んだ原口に、明美はぎょっとした。会って二か月ほどの男をそれだけで信じたのだとしたら、あきれるしかない。

「手慣れてるのよ。常習犯かもしれないわね」

奥野の冷静な返答に、明美も同意だった。こういうのは詐欺(さぎ)というべきなのかどうかわからないが、繰り返しやっている気配がある。そもそも「商社マン」というのも怪しい。

「それって、警察に相談した方が」

「あのさあ」

うっかりつぶやいた明美に、原口の怒りが向けられた。

「なにか盗られたわけじゃないんだからさ。好きになった男を犯罪者呼ばわりしないでよ」

戸惑っていると、町村が割って入った。

「わかったわかった。盗られたのはあんたのハートだけだよね。いいから飲みな。また新しいの見つければいいからさ」

俗にいう絡み酒というやつだというのは、あとで町村から教えてもらった。ともかくこの場は原口を酔い潰してしまうのが最善の解決策と判断されたようで、奥野がカウンターに立っていき、テキーラの瓶をマスターからもらって戻ってきた。

ほどなく意識が朦朧(もうろう)となった原口をタクシーに押し込め、奥野は送っていくと言い残して去っていった。

その夜の飲み会がそこでお開きになったのは、言うまでもない。

三

――ロッカーの鍵。

言われるまで、まったく失念していた。

五反田署(ごたんだ)の中窪由紀子(なかくぼゆきこ)から携帯に電話がかかってきたのは、翌日の昼過ぎのことだった。

「きょうは非番だと聞きましたので」

そう前置きして、中窪は的場要一(まとばよういち)の事件について訊きたいことがあると告げた。

捜査資料を読み返していて、気になったことがあるという。

「的場要一さんの所持品の中に、地下鉄茅場町(かやばちょう)駅のロッカーの鍵がありましたね」

そう尋ねられてやっと思い出した。ベッドの縁に腰をおろし、枕元に置いてある要一の写真に目をやりつつ、こたえた。

「たしかロッカーの中にはなにもなかったと聞きましたけれど」

当時、所持品として返された両親がロッカーを開けに行ったが、中は空だったと電話をくれたはずだった。

――クリスマスだったから、明美さんへのプレゼントでも入っているのかと思ったけれど。

神戸から出てきた要一の母親は、そう言って声を詰まらせていた。

そのとき、要一の時計を形見としてもらいたいと頼み、こころよく応じてくれたのだった。それが今、明美が腕につけているものだ。

「そう、ロッカーの中は空だったようですね」

中窪の声が、明美を引き戻した。

「署でも中身が気になって、ご両親に入っていたものを訊いています。資料にも、なにもなかったと記されています」

「間違いないと思います」

「なぜそんなことをしたんでしょう」

「どういうことですか」

「ロッカーに荷物を入れずに鍵をかけたことです」

すっと息をひそめる気配があった。

そもそもロッカーの鍵は料金を入れ、扉を閉じてロックしないと抜き取れない。なにも入れずに鍵をかけたとしか思えなかった。

「ロッカーの鍵は、担当の刑事さんからは、単なる所持品として返されていたはずです」

「変なことを気にすると思われるかもしれませんが、引っかかるんです」

「わたしに訊かれても、そこまでは」

「ロッカーに物を入れないで鍵をかけるのは、どういう場合でしょう」

唐突(とうとつ)に尋ねられ、明美は返答に困った。ベッドサイドに置いた額の中にいる「要一」に視線をやって救いを求めると、口がひとりでに開いていた。

「普通ロッカーを利用するのは、荷物が持ち運びに邪魔だからですよね」

「そうですね」

「預ける荷物がないなら、ロッカーを利用はしないし、誰かに物を渡すために利用するなら、そもそも荷物を中に入れておいてからロックして、その鍵を相手に渡すはずだし」

考えつつひとりごとのようにつぶやくと、中窪があとを続けた。

「こうも考えられませんか。最初はロッカーに荷物を入れ、鍵を誰かに渡し、荷物を持って行ってもらうつもりだった。けれど、荷物を渡す気がなくなり、荷物が入っているように思わせて鍵だけを渡そうとしていた」

たしかに、そういうこともありそうだった。

いったん納得したが、中窪がなにかしら予断をもって尋ねているらしいことに気づいた。

「それは、どういう意味ですか」

わずかに間があった。

「防犯カメラの映像も見たのですが、覚えていらっしゃいますか」

忘れるはずもなかった。あれが要一の生きていた最後の姿なのだ。

「それが、なにか」

「画面の下から男が走ってきて、ちょうどカメラのところで的場さんに追いつかれています。そして的場さんと男が揉み合い、男が的場さんを殴り、的場さんはそのまま通路に倒れて後頭部を打っています。その隙に男は画面の奥に走っていってしまった」

「そう、そうです」

モノクロの防犯カメラは、すぐに起き上がった要一が、逃げ去った男をふらつく足で追っていく姿を映し出していた。

「こういう推測もできると思うんです。二人は肩がぶつかったようなくだらない理由で揉めたわけではなく、男は的場さんが持っていたなにかを奪って逃げたのではないか。それを取り戻そうとして的場さんは男を追いかけ、反対に殴られてしまった」

「そうだとして、それがロッカーとどういう関係があるんですか」

「わかりません。いまのところはそれだけなんですが、捜査資料に記されていることが事実かどうか、それをたしかめたくて。お忙しいところありがとうございました」

丁重な礼を述べて、通話が切れた。

どこか疑いの目で要一のことを見ている気がした。

携帯をベッドに放り出し、あらためてベッドサイドにいる「要一」に視線を向けた。奥多摩へふたりでハイキングに行ったときのものだ。「要一」はこちらに向かって微笑んでいる。首からタオルをかけ、岩に腰を下ろしている姿は、なんの屈託もない。

——クリスマスプレゼント。

前もって買っておいたプレゼントを茅場町のロッカーに置いておき、それを持って新宿に向かおうとしていたのではないか。高田馬場まで行き、そこから東西線に乗れば二十分足らずで行ける。

そういう考え方もできなくはない。実際クリスマスプレゼントは遺品の中にはなかった。

だが、それならなぜロッカーに物も入れずに鍵をかけたのか、その説明がつかない。

——いったいどういうことなの。

明美は「要一」に問いかけたが、返事があるはずもなかった。


その日は夜になって、もう一本電話があった。

「たまには連絡しなさいよ、もう」

出たとたん、母にそう言われた。

「なにかあったの」

「なにかって。なにかないと電話しちゃいけないっていうの」

「そういうわけじゃないけど」

「相変わらずよね、そういうとこ」

「似たのよ、母さんに」

「いいえ、そこは父さんに似たのよ。わたしはそんなに無愛想（ぶあいそ）じゃないもの」

「そうかな」

「そうよ」

「で、どうかしたの」

「どうかしたじゃなくて。もうすぐ命日だから」

九月十二日は、父の命日だ。忘れるはずもない。もっとも、まだふた月以上ある。

「今年は十七回忌だから少しお客さんを呼ぼうと思って」

「ああ、そうか。もう十七回忌か」

「で、会場に予約を入れたいから大体の人数を確かめたいと思って」

「もちろん、行くわよ」

「当たり前でしょ。そうじゃなくて、リストを作ったんだけど、漏れがないか確認してほしいのよ」

「そんなに大げさにしなくても」

「そうはいかないわよ」

「母さんの作ったリストでいいわよ」

「そんなに忙しいの、その仕事」

「まあ、いろいろとね」

「三木さんからこないだ電話いただいてね、しっかりやっているって褒めてたわよ」

「そう」

三木は明美の上司でもあるが、それ以前に父とは学生時代の友人だった。

それを母が知らなかったはずはない。明美に警備員の採用試験を受けるように促したのも母だし、ひそかに裏で手を回していた可能性もあった。

母の貴代は、父が亡くなってからというもの張り合いをなくした時期はあったが、女手ひとつで明美を育て上げてくれた。

だが、的場要一と付き合いだしてから、ことあるごとに明美だけが頼りだと弱気なことを口にするようになった。二人きりの家族なんだからというのが口癖で、要一に明美を奪われるのではないかという心細さがあったようだ。

要一の事件があってからは、反対に明美を励ますようにもなり、どちらにしても明美を自分の思うようにしたいという思惑が透けて見えた。

そこで警備員になるのをきっかけにして家を出たのだった。

むろん、母はそういった内面をあからさまにすることはない。表面上はさばさばした母親を演じているが、長年生活していた明美には、押し隠している思いが感じられるのだ。

もっとも、すでに半年以上離れているせいか、母の態度にも少し変化が出てきたようだった。もう明美には頼らなくても平気という気配すらある。一人暮らしを満喫しているといったところか。

「当日は三木さんもいらっしゃるって」

どこかうきうきした口調だった。

「まさか、連絡取ってるの」

「誰と」

「統括官と」

わざとよそよそしく肩書で尋ねた。母の苦笑が聞こえた。

「そこまで明美のこと監視したりしないわよ」

「あんまり変なこと言わないでよね」

「変なことって、なによ」

「わたしのプライベートなことよ」

「そんなの知るわけないでしょ。どこのマンションにいるのかだって教えないんだから」

明美は押し黙った。母にやたらと来られるのは迷惑だったから電話番号だけ教えて、マンションの住所は黙っていた。しかし、三木に訊けば、あっさりと知ることができる。

「聞いたんでしょ」

「なにをよ」

「住所」

隠し事がばれたときのように、照れた笑いが起きた。

「聞いたからこそ、リストを郵送していいかどうか、訊きたかったのよ」

要するにそれが電話してきた理由らしい。回りくどいところは相変わらずだった。

なかばあきらめ、送ってくれていいと答えて電話を切った。

四

それから十日ほどのあいだ、神保町を通っている三線、つまり新宿線、半蔵門線、三田線の担当にはならず、今井ゆかりの働いているコンビニを覗くことはなかった。

ただ、ほかの駅にもいくつかあるコンビニ内の様子を以前より注意するようにはなった。コンビニばかりでなく、地下通路にある小さな個人経営の店にもひととおり目を向けた。

なにか不都合なことがないか、店主たちにそれとなく訊いてみたりもした。車内警備とは別だとしても、困っていることがあるなら力になりたいと思ったのだ。

人の歩くところに店の品物を陳列して迷惑だと怒鳴られた。並べていた手作りのアクセサリーを持ち逃げされた。トイレに行きたいが、遠いし留守にできない。売上金を保管できる場所がない。もう少し通路にも冷暖房を効かせてほしい。

聞いてみれば、いろいろとあるものだった。

もちろん、明美にできることは限られている。だが、せめて愚痴(ぐち)を聞くくらいのことはしてもいいだろう。

ともに地下鉄構内で仕事をしているという意味では、立場は同じなのだ。

それは一般乗客にも言えた。地下鉄を利用しているということは、そのあいだだけは立場は同じだ。困ったことがあれば力を貸す。困っていれば、周囲の人に助けを求める。

当然といえば当然のことだ。べつに正義漢ぶれというのではない。逆に周囲に気をつかってびくびくしていろというのでもない。

研修のとき「公共の場として地下鉄を考えること」という話を、大学の講師がしたのを思い出した。そのときはぴんとこなかったが、実地に仕事をしているうちに、もしかすると私服警備員の職務とは「地下鉄業務を安全に運営する補助的な仕事」だけではないような気がしていた。

たしかに極端な暴力事件や犯罪を抑制するためであるのは事実だが、そんなことはめったに起きないともいえる。ましてや、その場に遭遇することなど稀だろう。現行犯の場合、私人逮捕ができるとはいえ、あくまで犯罪抑制のための警備なのだ。

たしかに車内では痴漢やスリに注意はしている。ただ、それを発見して捕まえるのが任務ではない。痴漢やスリをしようとする者がいれば、それを抑制するのが任務だ。

コンビニの万引きも、摘発するのではなく、万引きしないように抑制するという点で同じだろう。


その日は遅番で、浅草線、日比谷線、半蔵門線の担当だった。

原口は悪酔いした日以来、仕事上がりの「飲み会」には顔を出していない。明美たちに酒の肴にされたせいで機嫌をそこねたわけではないだろうが、かなり落ち込んでいるのは確かなようだった。

母からは手書きのコピーで法事招待客のリストが送られてきて、親戚五人と生前父がかかわりのあった地下鉄関連の者、親しかった学生時代の友人が十人記されていた。三木統括官の名前も友人の欄にあった。

リストを眺めていて、生前の父と一緒に地下鉄に乗っているとき、同僚の職員に声をかけられ、よく頭を撫でられたことがあったのを思い出した。不思議と誰もが頭を撫でるのだ。

すでに二十年ほど経っているから、退職している者も多いに違いない。リストの中に頭を撫でてくれた人がいるのかどうかわからなかったが、昔は今ほど殺伐としていなかった気がして、同じ地下鉄であっても、運営する者も利用する者も、少しずつ変わっていくのだという実感が起きた。

ざっと目をやって漏れはないと思えたので、留守電にこれでいいと思うと答えておいた。

じっさいのところ、明美の頭を占めていたのは要一の一件で、法事も原口も、とりあえず二の次だったのだ。

中窪が要一になにかしらの疑いを持っているのではないかという思いが、なかなか拭えなかった。

――自分の知らないところで、要一が犯罪にかかわるようなことをしていたかもしれない。

勤務で列車に揺られていると、周囲に注意を払っていても、ついついぼんやりと考え込んでいたりする。それが嫌で、ガラガラの車両に乗っていても、座らずに立ち続けたりしていた。少しでも要一のことを考えないようにと思ってだったが、そう思えば思うほど、かえって気になってきていた。

渋谷から浅草線で浅草へ。そこから引き返して三越前で半蔵門線に乗り換える。北千住と渋谷を二往復し、住吉駅から新宿線に乗り換えた。

地下鉄の大半は当然のことながら地下を走る。外の風景といえば点々と灯る蛍光灯だけだ。それがリズムをきざむように後ろへ流れていく。

きょうばかりではない。この十日ほど、中窪から聞かされた一件のせいで、仕事に集中できなかった。コンビニや通路の店などを見て回っていたのも、なんとか集中を取り戻すきっかけを作ろうとしていたからだ。だが、いまだに仕事の「勘」が戻ってこない。

いまのままではよくないと軽く頭を振ってドア窓に映る自分を睨みつけた時、駅プレートが目の前で止まった。

神保町。

それを目にしたとたん、反射的に明美は下車していた。

腕時計は午後四時近くになっている。気晴らしと言っては申し訳ないが、要一のことを頭から追い払えるかもしれないという思いで、改札を抜け、今井ゆかりのいるコンビニへと足を向けていた。

時間的に下校時刻の中高生が構内をかなり行き来していた。

少し早いが夕食を買っていけばいいと思いつつ店に入りかけ、思わず立ち止まってしまった。

この前、町村がいたのと同じ場所に、今度は原口が立っていた。

しかも町村同様に雑誌の立ち読みをしている。もっとも、手にしていたのは大判のファッション雑誌だ。

視線は開いた雑誌に向けられていたが、ふいに右手を顔の横に上げると、何度か軽く振ってみせた。こっちに来いと言っているのだ。

明美は大きくひと呼吸してから、店の中に入っていった。

まっすぐ雑誌コーナーへ行き、横に並んで週刊誌を手に取った。封を切るのはためらわれたから、手にしたまま、原口の開いている雑誌に目を走らせる。イタリアかどこかの海辺で風になびく髪の毛に手をやっているモデルの写真が大きく写っている。

「なんか、偶然ですね」

わざとらしく聞こえたらしく、原口の目がちらりと向けられた。

「そんなわけないでしょ」

小声で軽くいなされてしまった。

「じゃ、原口さんも町村さんに話を聞いてたんですか」

「そうじゃなければ、ここにいるはずないじゃん」

素知らぬ振りでページをめくった。

たしかにそうだ。町村のいた場所にたまたまいると考える方が不自然というものだ。

「ま、振られたから暇だしさ。別の男探しに来たってとこ」

大きなため息をついた。

酔いつぶれた日から「エルニーニョ」に顔を見せなかったが、少しは立ち直ったように感じられる。

「元気そうでよかったです」

「元気なわけないじゃん。憂さ晴らしよ、憂さ晴らし。万引き見つけてとっ捕まえてやる」

怒りのはけ口といったところか。

「わたし、ついこの前までここのこと知らなくて」

「みんなに声かけてるみたいだけどね」

「奥野さんにもですか」

「そりゃそうよ。うちら飲み仲間なんだし」

たしかに、そうだ。

ふいに、にんまりした原口の目が向けられた。

「ねえ、訊こうと思ってたんだけどさ」

「なんですか」

「恋人とか、いるの」

一瞬、どう答えようかと迷った。

「内緒にしとくからさ」

「いまは、いないです」

「そうなんだ。寂しくないの」

「いや、特には」

「強いんだね」

「そんなことないですよ。わたしだって」

「なに、わたしだって」

「寂しいことも、ありますし」

「へえ」

やはり自分の事情を口にできなかった。原口たちに見せている面とは別の面を見せることに、まだ戸惑いがある。

「ま、あたしはとっかえひっかえしすぎなのかもしれないけど、それが生きるエネルギーになってるとこがあるのよね」

「エネルギー、ですか」

「男探しも憂さ晴らしも、エネルギーじゃん」

そういう考え方ができるのは、原口が前向きな証拠だろう。

「で、きょうはここに来てみたってことですか」

「そういうこと」

「わたしも事情を聞いてからは、ときどき覗くようにしてたんです。ここだけじゃなくて、ほかのお店も」

原口が短く笑った。

「でも、無理強いされなかったでしょ」

「ええ」

たしかに万引きの監視をしているとは打ち明けてくれたが、町村は明美にもやってくれとは言わなかった。

「うまいのよね、そのあたり。勤務と関係ない仕事だし、正面きってやってくれって頼まれたらまだ断りやすいけど、なにも言われないとかえって気になるわけ」

「なるほど」

町村の顔が思わず浮かんだ。一見大雑把（おおざっぱ）で太っ腹な様子だが、かなり繊細なところもあるのだ。悪く言えば計算高いというべきか。

ただ、そういう思惑があるかないかは別として、進んでコンビニの見回りをしている原口を見直した。

勤務内容に明確に含まれていなくとも、自分にできるなら手助けをする。

いい加減なところがあるように見える原口も、実のところ仕事には熱心なのかもしれない。明美たちの前で見せているのは一種のポーズなのかもしれなかった。気づかなかった一面だ。

「ちょっと挨拶してきます」

なんとなく原口を前にしているのが面映ゆくなり、明美は雑誌をラックに戻し、レジへ向かった。

店内には客が五人ほどいたが、会社員風の男女ばかりだった。

「あら、いらっしゃい」

今井ゆかりはレジの中から会釈してきた。だが、そのあとは素知らぬふりになる。

そこで迂闊だったことに気づいた。

万引きを監視するなら、店員と顔なじみだと知られるのはまずい。スーパーにいる私服警備員は、一般の買い物客の振りをして店内を回っていると聞いたことがある。

この前は町村が今井ゆかりと明美を引き合わせるためだったから、支障のないかぎりで少し会話を交わしたというにすぎない。

明美は会釈を返すだけで、そそくさと雑誌コーナーに戻った。

原口ともまったく別々の客のように振舞った方がいいだろう。原口が雑誌から目を離さずにやりとりしていたのは、そういうことだったらしい。声量もいつもより抑えていた。

さっきより少し距離を置いてラックの雑誌に手を伸ばしかけたとき、自動ドアが開いて男子生徒の一団が入ってきた。

目で追うと、全部で六人だった。

有名私立大学付属の高校なのは、シャツについているエンブレムでわかった。バスケットボールを中のひとりが持っていて、どうやら部活仲間らしいが、時間的にさぼって遊び歩いているといった様子だ。全員が、いわゆるシャツの裾出し腰パンで、制服の着崩し具合から、傍若無人な態度が感じられる。

急に店内が荒んだ気配に満ちた。

生徒たちは店内に散り、半分は飲料コーナーへ、あとの半分はスナック菓子のコーナーへわかれた。

飲料コーナーの三人はふざけあいながら飲料を選んでいる。スナック菓子コーナーに回った三人にも声をかけ、かなり店内が騒がしくなった。

スナック菓子のコーナーは、雑誌コーナーと向き合う場所にあったので、三人の高校生が明美たちの背後に陣取った。そこにいるのは邪魔だといいたげに背中に身体をぶつけてくる。

それを合図にしたように、原口が雑誌をラックに戻し、その場を離れた。足はレジの方に向かわせつつ、スナック菓子の連中に注意を向けている。

明美は素早く理解した。

この前今井ゆかりが言っていた集団というのが、いま入ってきた生徒たちなのだろう。

棚はレジから見て縦に二列並んでいて、原口はレジ側からスナック菓子を選んでいる生徒たちの様子をうかがっている。

明美も雑誌コーナーを離れ、店のいちばん奥に移動し、そこから様子をうかがう。

問題なのはスナック菓子コーナーの隣だ。

飲料を万引きすることはないだろう。飲料コーナーは扉を開いて取り出す手間がかかるし、飲料なら高くても数百円だ。狙いはスナック菓子の横に並んでいる電気製品。この前、今井ゆかりが言っていたように目的は高額な携帯などの付属品に違いない。

大声で会話しながら飲料を選び、扉を何度も開け閉めし、レジの注意を向けているうちに、一方の仲間たちが高価な電気製品をバッグに突っ込むというわけだ。

スナック菓子のコーナーにいる三人のうち、二人がしゃがみ、バスケットボールを腰に抱えているひとりが立っている。

三人は菓子を選ぶ振りをしつつ、少しずつ電気製品側へと移動していく。立っている生徒が防犯カメラを遮る役らしい。

かがんでいるひとりが充電器を手にしたのが見えた。

だが、そのまま充電器をバッグには入れなかった。プラスチック包装を手早く引き剝がし、中身だけをかがんでいるもうひとりに手渡す。すると、立ってバスケットボールを抱えていた腰パンのポケットにするりと入れた。ボールも万引きの小道具らしかった。立っている位置から見えないように、ボールで隠し、その下からポケットへ品物を入れるわけだ。

手慣れた印象があるから、常習だろう。ほかの店でもやっている可能性はあった。

「おい、決まったかよ」

ポケットに充電器を入れた生徒が飲料コーナーにいる仲間に大声で尋ねた。おうと返事がある。「仕事」が終わった合図らしい。生徒たちは飲料とスナック菓子を手にいっせいにレジへ進みだした。

確認したかと尋ねるように、棚の向こう端にいた原口が視線を向けてきた。明美はうなずいた。

生徒たちはレジに向かったが、バスケットボールを抱えた生徒ともうひとりはなにも買わず、先に行ってるぞと仲間に告げて店を出ていく。

万引き犯を拘束（こうそく）するのは、店を一歩出たところでというのが鉄則だ。

明美と原口も店のドアに、素早く回った。

五

「ちょっといいかなあ」

原口がふたりの後ろ姿に声をかけた。

落ち合う場所を決めているのか、店を出てもそのまま仲間を待たずに歩き去ろうとしていたふたりが立ち止まり、ゆっくりと振り返った。どちらもバスケットボールをやっているだけにかなり背が高い。

「なんすか」

ポケットに充電器が入っている生徒が、貧乏ゆすりをしつつ一歩前に出た。

「支払い済ませていない品物、ありますよね」

明美が尋ねると、ツーブロックにした頭をわずかにかしげ、口元に冷ややかな笑いを浮かべた。そして、すっと後ろにいる仲間に顔を向け、目を合わせる。

ふたり同時に肩をゆすって低く笑い声を立てた。

「意味わかんないんすけど」

顔を戻し、明美と原口へ顎を突き出した。

「はっきり確認しています。お話聞かせてもらいます」

「は、あんたら警察かよ」

「違います。地下鉄の警備員です」

明美が答えたとき、仲間が精算を終えて店から出てきた。

「なによ、どうかした」

リーダー格らしき生徒がペットボトルを手に威嚇するように近づく。

原口がその行く手に立った。

「見た感じイケてるのにねえ」

からかうように原口が言う。明美はすぐに続けた。

「コンビニで支払いを済ませていないようなので、事情をお聞きしています」

「え、そんなことねえよな」

原口を飛び越えて、バスケットボールの生徒に尋ねる。

「エンザイっすよ」

当然のごとくこたえる。

「おい、おれら疑われてるみたいだぜ」

背後にいた仲間に、リーダーが声をあげた。

いつでも動けるように身構えていた明美の目に、店の中から今井ゆかりが警察に連絡したということを、身振り手振りでさかんに知らせている姿が入ってきた。手には万引きした品物の包装パックを持っていた。

「いま警察が来ます。それまで待ってください」

「なんで待たなきゃいけねえのよ。ちゃんと金払ってるじゃん。だいいち身体検査とかして、なんも出てこなかったら、あんたたちどうしてくれるの」

「身体検査ね。そんなことするわけないじゃん」

原口が返すと、リーダー格が鼻を鳴らす。

「するっていわれても、おばさんはこっちからお断りだよね。身体検査されるんなら、そっちのかわいいお姉さんがいいな」

明美の方に、にやけた顔が向けられた。原口が腰に手をあてて顎を突き出す。

「はあ。それってセクハラじゃん」

「それいうんなら、おれら、名誉(めいよ)傷つけられたことになんないかな。反対にあんたらが訴えられるんじゃね」

「クソガキが」

「おっと。口を慎んでくれよ。将来のある若者に疑いかけることになるって言ってんの。これ見えないのかな」

リーダー格は、シャツポケットについているエンブレムを指さした。

「それが、なんなのよ」

「うち、けっこう偏差値高いの。将来、人の上に立つの。そういう若者に疑いかけることになるの。わかる」

「偏差値が高い学校にいるやつは正しいってか」

「当然でしょ。あ、警備員なんかやってる人にはわからないか」

「本当に立派な人は、そういうアホな理屈を言わないんだよ」

怒りが溜りだしている原口を抑えようと、明美はリーダー格に告げた。

「どちらが正しいか、防犯カメラを見て警察が判断してくれるはずです」

「あ、そ。でも、おれたちは関係ない。やったとしても、あいつが勝手にやっただけってことだと思うけど」

防犯カメラから見えないようにやっている自信があるのか、リーダー格は、また原口と明美を飛び越して、バスケットボールを手にしている生徒に睨みを向けた。

バスケットボールを手にしていた生徒の表情がわずかにゆがんだ。「あいつが勝手にやっただけ」という言葉は、リーダー格から「失敗したら切り捨てるだけだ」と言われたに等しいようだ。だが、リーダーには逆らえないらしく、怯(おび)えた目をうろつかせた。

隙を見てポケットに入れた品物を捨てるのではないか。

明美は、バスケットボールを手にした生徒の一挙手一投足に注意を払った。

「じゃ、おれら行くから」

リーダー格の生徒は、二、三歩用心深くあとずさりしたあと、くるりと背を向け、背後にいた仲間とともに歩き出した。

そのとき、半蔵門線がホームに滑り込んできて、すぐ横にある改札から大量の乗客が足早に明美たちの横を通り抜けていった。

一瞬そちらに気を取られたとたん、明美の顔面に平手で叩かれたような痛みが走った。持っていたバスケットボールを投げつけ、ふたりの生徒はリーダーたちとは反対方向に走り出していた。リーダー格の集団も走り出している。

素早く原口がリーダー格の集団の後を追った。

反射的に明美はもう一方のふたりを追いかける。

すでにふたりの生徒は三十メートルほど先の階段を駆け上がろうとしていた。だが、明美には追いつく自信があった。日頃ジョギングをしているので、学生時代から走りの力は落ちていない。

階段の途中に黒い充電器が落ちている。それを拾い上げてさらに二人を追った。

三田線と新宿線への連絡通路が分かれるあたりで追いつき、二手に分かれたうち、バスケットボールを投げつけた方を追う。部活で練習をしっかりしていれば、行き来する一般客をすり抜けて走っていくのはたやすいことだろう。

だが、部活をさぼっていたつけがここへ来て出たようだ。

まともに男性客にぶつかり、跳ね返されて足元がふらつき、そのまま倒れ込んだ。追いついた明美は息を整えつつ少年の横に立つと、手にしていた充電器を突き出した。

「事情を、聞かせてもらえますか」

足をひねったらしく、倒れたままの格好で低くうめき、悔しそうな視線が明美を見上げてきた。

もはや抵抗するつもりはないようだった。

六

厳重注意（げんじゅうちゅうい）と一週間の減給。

それが原口と明美に言い渡された処分だった。

万引きをしたと疑われる少年を追跡した結果、地下鉄構内を移動する乗客をいたずらに危険にさらし、怪我を負わせたというのが、理由だった。

たしかに、それは間違いではなかった。

原口の方が追ったリーダー格の少年たちは一般客を突き飛ばして逃げて行き、その結果一般客の中に三人ほど転んでかすり傷を負った者が出た。原口はその客たちへの対応を優先したため、全員が逃げおおせた。

だが、明美が「確保」した少年が、駆けつけた交番の警察官に今までの余罪をぶちまけ、リーダーをはじめ、グループの全員が判明した。

警察としては、補導した段階で罰を受けているため、さらに学校で処分をすることは勧めなかったようだが、札付き連中だったらしく、学校はただちに退学処分を下したと聞いた。

「偏差値が高い」学校だと自慢していたが、どこの学校に通っているのかみずから暴露してしまったのだから、本当に「偏差値が高い」のかどうか、疑わしいとも言えた。

今井ゆかりから事態を知らされた町村は、すぐさま上司の三木に事情を打ち明け、詫びを入れた。

責任は自分にあるので、明美たちを処分しないでほしいというつもりだったのだろう。

しかし、三木から町村が詫びを入れてきたと聞かされても、いや、町村がそう言うならなおさら、あくまで明美と原口は、自分たちがコンビニにたまたまいただけであり、たまたま万引きを見つけてしまったので放置できず行動したということで貫き通した。

処分を言い渡した三木は、デスクに腰を下ろすと、しばし考え込んだあと、大きくため息をついて、直立不動の姿勢を崩さずにいた明美と原口を見上げた。

「研修でくどいほど聞かされたと思うが、われわれは警察ではない。犯罪を取り締まるわけではないんだ。もっと言うなら、犯罪の発生を未然に防ぐのが任務だ」

「申し訳ありませんでした」

原口が答えた。

三木が重々しくうなずいた。

「結果的には、逃げ出した連中を追跡しただけだ。手を出さなかったのは賢明だった」

原口はどうかわからないが、少年たちの態度いかんによっては、明美なら手を出していたかもしれないと感じた。

自分たちが有名私立大学の付属高校に通っていることで、ほかの者に対する優越感を抱いているくらいならまだしも、だからなにをやってもいいのだという考えには我慢がならなかった。もしこれが原口でなく奥野だったら、どうなっていたかわからない。

軽犯罪とはいえ、万引きが犯罪であることに変わりはない。

というより、法律で「犯罪」と決まっていないものでも、「犯罪」に類するものはある。やるべきではない行為や発言というものがある。それらが「犯罪」ではないからといって平然とおこなっている者は、少なくないようにも思う。

さらには「犯罪」をおこなっているという自覚はあっても、それが特別な立場にいる自分には適用されないと考える者もいるし、自分の手を汚さず、他人に「犯罪」をやらせておいて、そこで得た利益だけを自分のものにしようとする者もいる。

「おい、聞いているか」

三木の声が明美に向けられているのに気づき、姿勢を正した。

「今回は、たまたまコンビニできみたちは出くわし、たまたま万引きを目撃した。その結果、こういうことになった。その主張をそのまま認めるよう、わたしも上長会議で通した。職務を離れて、何人かの警備員が構内にある店の見回りをしているという噂も耳に入ったが、それを持ち出すと、今回のようなことが起きないよう規律を厳密に作ろうと言い出す者も出てくる」

三木はそこで言葉を切り、苦々しい表情になった。

「わたし個人の考えだが、そういう方向はよくないと思っている。構内のコンビニで強盗が発生したのを確認したとしても、自分の職務とは関係ないからといって知らんぷりをするような仕事のやり方はどうかと思う。自分の職分は職分としてしっかりやるのは当然として、それだけやっていればいいというものでもない」

原口と明美に、わかるだろうと言うような視線が向けられた。

「法は、法なきを理想とす。この言葉を知っているか」

明美はうなずいた。だが、原口は小首をかしげている。

「人が生きていくために、法律はある。だが、法律で縛りあげていけば息苦しくなる。法律がなくても生活できることこそが、法律のあるべき姿だと、そういうような意味だ。もっとあっさり言えば、世の中は、決まりに従っていればそれで充分だとは限らない。そういう意味でもあるだろう。きみたちがたまたまコンビニで出くわすことも、ときには必要だということだ」

ようするに町村が今井ゆかりのいるコンビニを見回っている行為は、決して悪いことではないと言いたいのだと明美は理解した。

ふと父親が車内でトラブルになっていた二人の男に割って入った姿が頭をかすめた。非番だから関係ないといって知らないふりをすることもできたはずだが、父もまた自分の職分を離れてトラブルを解消したのだ。そんなことをしろともするなとも内規には書かれていないだろう。ましてや法律にも。

「厳重注意は、ここまでだ。明日からまた頑張ってほしい」

三木はそう言い、明美と原口は一礼して解放された。

七

渋谷詰所のある事務室を出ると、そこに町村と今井、それに奥野が待ち構えていた。

明美と原口を認めた町村が、頭を深々と下げた。

「巻き込んでしまって、悪かった。ごめんなさい」

今井ゆかりが隣で同じように頭を下げた。

「わたしのせいですみません」

奥野はその二人を目にしつつ、明美と原口に微笑んできた。

「そこまで気にすることはないと言ったんですが、どうしても謝りたいって」

奥野も事情は知っていたし、たまに今井ゆかりのコンビニを見張っていたから、自分も同じ立場だという責任感から一緒に顔を見せたようだ。

「三木さんもわかってくれているようです。はっきり口にはしなかったけれど、今後も見回りは続けてほしいって思ってるみたいですし」

「え、そうなんだ」

明美の言葉に、町村は意外そうな声をあげた。

「事情を説明してくれたのはありがたかったですが、処分は処分として受けます。少なくとも町村さんや今井さんが間違ったことをしたわけじゃないですし。ですから、気にしないでください」

明美が告げると、合いの手を入れるように原口ががくりと身体から力を抜いた。

「だとしても、説教はもう勘弁。まったく学校じゃないんだからさあ」

おどけて言うと、三人が笑い、原口が両手を三度叩いた。

「はい、じゃこれで解決ね。さっそくエルニーニョに行って手打ちの盃(さかずき)を交わすってのは、どう」

「まだ昼過ぎですけど。しかも手打ちの盃って、使い方違いますよ」

明美があきれて口にすると、原口は顔をしかめた。

「ここんとこ欠席してたからさ。そのぶん飲まないと」

「なんだ、立ち直ったんだ」

町村のからかいに、原口が胸を張った。

「立ち直るためには酒が必要ってこと」

「なら行きましょうか。ビールで乾杯ね」

奥野がそう言って先に立って歩き出した。

「そう来なくちゃ」

原口が続き、今井も時間があるということで、五人は渋谷の街に出た。

「あれも一種の才能ってとこね」

歩きながら、奥野が明美に囁いてきた。

なるほど。失敗をいつまでも引きずっていては前に進めない。切り替えることができるのも、たしかに才能だろう。

そう思って気づくと、厳重注意と減給処分を受けたのに、自分がそれほど落ち込んでいないのに気づいた。

「わたしも原口さんも、落ち込んだりしてませんから」

唐突に今井と町村に向かって声を上げると、ふたりの顔に怪訝そうな色が浮かんだ。

「わかってくれている人がいるって思うと、失敗しても頑張ろうって気になるし」

ふたりにはなにを言っているのかわからなかったかもしれない。ただ、明美は三木の存在が自分をそんな気にさせてくれているのだというつもりで口にしたのだった。原口もまた、同様に感じているに違いなかった。

強い陽射しがスクランブル交差点を照らし出している。

信号が青になって、五人は周囲にひしめいている者たちにまじって交差点を渡っていった。

第四話　誰が悪いのですか

一

　トイレはきれいに使いましょう。

　わざわざそういった張り紙をしても、なかなかきれいに使ってもらえない。地下鉄のトイレにかぎらず、公衆トイレを汚しても気にしない者は、自宅のトイレを汚しても気にしないのだろうか。

　そんなはずはない。

　ここは自分の領域と思っている場所のトイレは、きれいに使っているに違いない。自分とは関係ないと思っているから、いくら汚しても気にしないのだろう。

　明美（あけみ）たちが地下鉄内の私服警備員として勤務中に利用するのは、当たり前だが地下鉄内のトイレである。

　利用するだけでなく、それもまた一種の警備にほかならない。トイレは密室になりやすいから、そこに押し込められてしまえば何らかの犯行が起きてもなかなかわかりにくい。盗撮カメラが設置されていないかといったチェックも仕事のひとつと言える。

定期的に清掃されるが、それだけでは注意が行き届かないのだ。

研修時に、トイレについての警備も説明を受けた。非常に個人的な場所でもあり、なにか異状があったときの対応の仕方には気をつけなくてはならない。

――トイレは事件が起きる場所。

明美は特にそんな風に思っていた。この仕事についてしばらくして、トイレで乗客を救ったことがあったからだ。

あるとき、用を足しに個室へ入った乗客が、ドアに鍵をかけたとたん貧血で倒れてしまった。そのとき偶然にも明美はトイレに入って化粧を直していた。誰かがトイレに入ったのには気づいていたが、すぐに個室のドアにぶつかって倒れ、低くうめくような声が聞こえたのだ。外から何度か声をかけると、やっと返事があり、本人が鍵を外したので中に入って様子を確認し、救護班を呼んだ。

トイレに誰もいなかったら、気づくのに時間がかかっただろう。貧血だったからいいようなものの、脳梗塞や心臓発作だったら命にかかわる。

一度そういった経験をしたことがあったから、トイレは事件が起きる場所だと言い聞かせるようになっていた。

じっさい、多目的トイレをいかがわしい「目的」で使用する者もいるし、これは地下鉄内のトイレではないが、どこかのファンド会社の社長が資金繰りに困り、危ない関係の金に手を出した結果、公園のトイレで「自殺」していたのが発見されたニュースを見たこともある。

まさにトイレは事件が起きる場所なのだ。

その日は遅番で、すでに午後八時に近くなっていた。

そろそろ渋谷の詰所に戻ろうと、乗っていた千代田線を表参道で銀座線に乗り換えた。

日曜日の夜だったが、まだ乗客はかなり乗り降りをしている。九月に入っても夏休み気分が抜けていないカップルや家族連れの姿もかなり見受けられた。

このまままっすぐ詰所に戻って、それからいつものように仲間の待っている「エルニーニョ」に行く。

そのつもりだった。

季節は秋になったが、まだまだ暑い。半日、冷房の入った地下鉄に乗っていたとしても、汗で化粧崩れはする。しかもきょうは東京ドームでイベントがあったらしく、夕刻には警備員に無線で応援が呼びかけられた。周辺の混雑するホームや車両内でトラブルが起きないように注意を払い、おかげで汗まみれになっていた。

——詰所に戻る前に、化粧を直しておこう。

思いついて表参道駅のトイレに向かったとき、入り口のところで、中から出てくる若い女性とすれ違いざま肩がぶつかった。

「すみません」

女は顔を隠すようにして短くあやまり、走り去っていった。

言葉に独特のイントネーションがあり、見たところアジア系の女性だった。ウェーブのかかった長めの髪、伏し目にした横顔は整っていて頬骨が高い。灰色のバックパックにジーンズ姿。黄色のポロシャツ。

それだけ見て取って、明美はトイレに入っていった。

ほかに誰もいない。まだこの時刻はいいが、深夜近くになると改札や事務室から離れた場所に設置されているトイレは危険が増す。

犯罪ばかりでなく、男性用トイレなどでは泥酔者が寝込んでしまったりもする。女性にもたまに悪酔いしてトイレで倒れている者がいて、休日前の夜に多い。駅の事務員には、そういった乗客を介抱する仕事もあるというわけだ。

いまのところ私服警備員が動いているのは午前九時から午後八時までだが、本格的に導入されれば終電近くの泥酔者を扱う必要も出てくるだろう。

ため息をつきつつ、洗面台に向かって立ち、思わず苦笑した。

バックパックにジーンズ姿。

髪の毛は短いが、いまさっき出て行った女性と似たような恰好だ。年齢もほぼ同じか。

おしゃれをして休日に恋人とデートをする者など、一握りの人間に過ぎない。

――きょうもやっと終わる。

半年以上この仕事を続けてきて、最初のうちは覚えることも多かった。慣れるにつれてコツをつかんできたのはよかったが、うっかりすると気がゆるんだりする。しかも残暑ときていた。仕事そのものは地下鉄に乗り続けるだけの単調なものだが、警備をするのだから気を遣うのは当然だった。

このところ疲れている。夏バテなど今までしたことがなかったが、環境が変われば、体調も変化する。

鏡に映った自分の顔が、そう訴えていた。

バックパックを洗面台の横に置いて、もう一度ため息をつく。

リップを取り出し、唇にあてようとしたとき、背後に気配を感じた。

振り返ると、トイレのドアが並んでいるだけだ。どれも開いていて、誰も用を足している様子ではない。

だが、気配があった。

息をひそめ、バックパックを両手で抱え、防御の体勢を整えた。護身術は研修で受けているとはいえ、実際に使ったことはない。

並んでいるトイレをひとつずつ覗いていく。

どこにも人の気配はない。

一瞬心霊話が思い浮かんだ。

地下鉄にもご多分にもれず、その手の都市伝説がいくつかある。たいていそういった話を仕入れてくるのは、飲み仲間のひとりである原口由紀だった。

上野や新橋といった駅には、いまでは使われていないホームがある。それは事実だが、そこに東京大空襲で亡くなった者たちの亡霊が出るとか、ホームドアがつけられる前には、ある駅のホームの端に立っていると、以前飛び込み自殺をした女性の姿が現れ、そこに立っている者を飛び込ませようとして腕をひっぱるとか。

いま明美のいる表参道駅のトイレにそんな話があると聞いたことはない。いや、そもそも心霊現象のようなものは、単なる気のせいにすぎない。精神的に疲れているとき、勝手にこちらがなにか異様なものを見たと思い込んでしまうのだ。

それくらいの常識は、明美にもあった。

だが、気配の正体がわからないのは薄気味悪いことに変わりなかった。

いちばん奥のトイレの前まで行くと、なにかがくちゃくちゃと音を立てているのがはっきりわかった。

気のせいではない。

動物か、あるいは虫のたぐいか。悪臭はしない。

おそるおそる中を覗くと、荷物を置いておくスペースにひと抱えほどの段ボールが残されていた。音はそこから聞こえてくる。

思い切って中に入り、段ボールを覗き込んだ。

二

すぐさま警察と救急隊が呼ばれ、明美は表参道駅の事務室で警察から事情を聞かれた。

「顔は、覚えていないんですか」

「はっきりとは。ただ、言葉の様子からして外国人だったように思います。声を聞けばわかるかもしれません」

「声ですか」

「高めのハスキーな感じでした」

「なるほど」

聴取を担当した若手の制服警官はため息をつきつつ、手帳を見直していく。

こんなことになるなら、もっと注意して顔を確認しておくべきだった。やはり集中力が落ちているのだろう。

「わかりました。では、またなにかありましたらお願いすることがあると思いますので」

警官はそう言って立ち上がった。

「具合はどうなんでしょう」

見上げて尋(たず)ねると、警官はまた手帳に目を落とした。

「救急隊の話では、特に衰弱(すいじゃく)していた様子はないとのことでした。二、三日病院で容態(ようだい)

をみるそうです」

近くにある病院の名前を警官はつけ加え、敬礼して事務室を出て行った。

「大変でしたね」

女性駅員が麦茶を紙コップに入れて持ってきてくれながら、明美をねぎらった。

大変というより、驚いた。

段ボールの中にはタオルが敷かれ、そこに赤ん坊が眠っていたのだ。

目にしたとたん、あっけにとられた。「捨て子」という理解より先に、まずどうすればいいのかわからず、現場を離れるのはまずいと判断し、ブレスレットに見立てた送信用マイクで連絡を入れた。

事件現場は証拠保全のために手を触れるなとよく言われるが、赤ん坊をこのままにしておいていいとは思えなかった。

とはいえ、下手に抱きかかえたりして泣き出されても困る。

あらためて段ボールを覗き、異状がないか、たしかめた。

生後どれくらいなのか、明美には判断がつかなかった。髪の毛は生えそろっておらず、眠ったまま口元を動かしていた。ベビー服はピンク。

そこでやっと「捨て子」だと頭で理解した。なにか身元の手がかりになるようなものはないかと箱の中を見ると、足元に紙片があった。

――マリアです　ごめんなさい　おねがいします

たどたどしい字で、そう書かれていた。

文字の拙さと名前の響きからいって、外国人かもしれない。

よくわからなかった。

そこへ連絡を受けた女性職員が走りこんできて、明美に声をかけた。私服警備員の身分証を提示すると、ともかくここから出そうということになった。傷害事件などではないから、そこまで現場保全は必要ないだろうという。

トイレの前に段ボールを慎重に抱えて出ると、警察と救急隊が駅員に導かれてこちらにやってくるのが見えた。

手早く救急隊員が赤ん坊の様子を診る。そのあいだに明美は警官に状況を説明した。いったん事務室で待っていてほしいと言われ、明美は従った。

そのあと救急隊が赤ん坊を病院に搬送し、警官は現場を確認していたようだ。

十分ほどして同じ警官が事務室にやってきて、詳細に事情を訊かれたのだった。

おそらくトイレの入り口ですれ違った女性が置き去りにしたのだろうと説明したが、顔までは覚えていなかった。ただ、高めのハスキーな声でイントネーションが日本人らしくなかったこと、赤ん坊と一緒に入っていた紙片に書かれた文言から、外国人女性が置き去りにした可能性が高いことは確かだった。

「二年くらい前にも、あったんですよ、あそこ」

女性の駅員は、声をひそめてそう告げた。

「そのときは男の赤ちゃんで、生まれてすぐだったんです」

「親は見つかったんですか」

　女性駅員は悲しげな表情で首を振った。

「見つからなかったらしいです。結局施設（しせつ）に行ったみたいで」

　そのときには目撃者はいなかったが、今回は明美が置き去りにしたとおぼしき女性を目にしている。ぼうっとしていた自分を叱（しか）りつけたかった。せっかく女性を目撃しているのに、赤ん坊が施設に行ってしまうことになったら。

　そう思うと、女性を見つけ出すのは自分の責任だと感じた。手にした紙コップから麦茶をひと息に飲み干すと、明美はともかく詰所に戻ると言い残して事務室を出た。


　一時間ほど遅れて点呼（てんこ）を終えると、三木（みき）統括官はうなずいた。

「防犯カメラで追跡できるかもしれないが、地下鉄構内を出てしまったあとは追跡がむずかしいだろうな」

「はい」

　明美も道々そのことは考えていた。

「たとえはよくないが、犯罪者は犯行現場に戻ってくる、と言われている。その女性がやむを得ない事情で赤ん坊を置き去りにしたなら、きっと近くまで戻ってくるだろう。赤ん坊がどうなったのか、気になるはずだ」

たしかにそうだ。

「もしかすると、そ知らぬふりで駅員に訊いたりするかもしれませんね」

「しばらく表参道駅には注意してみてほしい。配属も表参道駅を通る三路線に回すよう手配する」

――なにしろ、目撃者はきみだけだからな。

三木の言い方は、言外にそう言っているようにも聞こえた。

そこでひとつ思いついた。

「あの、こういうのはどうでしょうか」

赤ん坊の発見されたトイレの前に、貼り紙をするのだ。一見すると目撃者はいないかといった文言を記すのだが、その中に赤ん坊の収容されている病院名を明示する。

三木が関心を示した。

「なるほど。もし置き去りにした人物が本当に気にかけているなら、病院に顔を見せるかもしれないな。表参道駅は渋谷詰所の管轄だから、わたしも時間があれば見回ってみる」

「統括官がですか」

「なんだ。意外そうに言うじゃないか。わたしはいつもここにいて、のんびりしているだけだと思ってるのか」

「いえ」

たしかに、点呼を取るのは三木とは限らなかった。各詰所には、主任統括官と二人の副統括官の計三人ずつが配置され、持ち回りで勤務している。

「こう見えて忙しいんだ。ほかの詰所と行き来して打ち合わせをしたり、いろいろとな」

「申し訳ありません」

「ま、警察にも連絡を入れておく」

苦笑まじりに三木はそう告げた。

詰所を出ると、町村(まちむら)、原口、奥野(おくの)の三人と作っているグループラインに連絡が入っていた。

それぞれ明美が発見した赤ん坊を心配していた。無線で通報したから、三人にも情報は伝わっている。

「赤ちゃんの名前はマリア。元気なようです」

そう返事をして、今夜は「エルニーニョ」には行かないとつけ加えた。

飲む気分にはなれなかったのだ。

三

翌日は非番だったから、午前中に十キロのジョギングをこなし、午後からマリアの入院している病院に行くことにした。

表参道駅から少し歩いたところにある中規模の総合病院だった。

受付で名乗り事情を話すと、しばらく待たされた。

「失礼ですが、どちらさまでしょうか」

待合室にあるシートに腰かけていると、背後から声がかかった。

振り返ると三十代らしい女性がかがんでこちらに視線を向けていた。髪の毛は短めで、エプロンをつけている。三日月のような目は微笑んでいるが、警戒(けいかい)している気配があった。

もう一度名乗り、マリアを発見した者で、地下鉄の私服警備員をやっていると説明した。

「失礼しました。もしかすると母親がここに現れる可能性もあったもので」

貼り紙に病院名を明示したことは、しっかり伝わっているらしい。

女性は、高倉美智(たかくらみち)と名乗った。小児病棟の看護師だという。

高倉は明美を四階にある病室へ案内してくれた。

「まだ保育器に入っています」

連れられて行った部屋は温度調節と換気が行き届いていた。入ったと同時に吸い込む空気が違うのが、すぐにわかった。

左右に何台もの保育器が並んでいて、それぞれに生まれたばかりのこどもが仰向けに入れられていた。足首には名前などのデータが書き込まれたアンクレットがつけられている。

「こちらへ」

高倉が導き、明美は一番窓際の保育器のところまで進んだ。

マリアは、そこにいた。昨夜見たときは光のせいだったのか、マリアの顔色は青白く感じたが、いまは血色がいい。相変わらず口をわずかに動かしつつ、眠りについている。アンクレットはつけていないが、点滴の針が左手の甲につけられていた。

「発見が早かったので、脱水症状もなかったようです。少し栄養不足ぎみだったらしいですが、体調に問題はないと先生がおっしゃっていました」

覗き込んでいる明美に、高倉が説明した。

「生後どれくらいなんですか」

「六か月くらいだそうです」

赤ん坊を見かけることはあっても、まじまじと注視したことはない。あらためて目をやると、「不思議な生き物」という印象だ。

「一緒にあった置手紙には、マリアという名前だとあったそうですね」

高倉の問いに、明美はうなずいた。

「苗字（みょうじ）は書いてなかったんですが、おそらくダブルなんだと思います」

昨夜すれ違った女性の様子からして、おそらく母親が外国人なのだろう。高倉によれば、出生届が出されていたとしても、そこから身元を割り出すのはむずかしいという。ましてや届け出ていない可能性が高いらしい。

「どういうことですか、それ。病院で産んでいないってことですか」

「そうです。ですから無戸籍かもしれません」

無戸籍。

初めて耳にする言葉だった。

通常であれば、妊娠と診断されると役所へ行ってさまざまな手続きをするよう促される。母子手帳を渡され、月ごとの健診や体調を記したりして出産を待つ。そして出産後には出生届を出すことで、赤ん坊の健診や予防接種などの通知が来る。

ところが、役所へ話を持っていかず、医師に定期的にかからなければ、妊娠したことも出産したことも、公的に知られないままだ。出産して出生届を出さなければ、戸籍に載らないことになる。マリアという名前も、勝手につけただけで、戸籍上は意味をなさない。

無戸籍というのは、そういうことだという。

「けっこう多いんです。大半は未婚女性ですけど、妊娠しても産む気がないとか、相手が逃げてしまって産める状況じゃないとか。でも、もたもたしているうちにおろす時期を逃してしまう。医者に行かずにひとりで産んでしまって、それでも出生したことを届け出ない。いろいろ事情はあると思いますけど、父親や母親になるっていう自覚がない人って、いるんですよね」

「ということは、この子は社会的に認知されていないということですか」

高倉はため息をつきつつ、うなずいた。

「戸籍上は存在しないってことです。戸籍に載っているかどうかでしか人を判断しないのは、どうかと思いますけどね。現実にいまここにひとり赤ん坊がいるのに、戸籍にないから福祉制度から外され、面倒見る必要はないっていうんじゃ、ひどすぎます」

たしかに、高倉の言う通りだろう。しかも、マリアのように捨てられた場合、施設に送ってしまえばそれで解決という「福祉制度」でいいのかどうか。

――置き去りにした母親らしき女性を必ず見つける。

マリアの寝姿を目にして、あらためて明美はそう思わずにはいられなかった。

「なにかあったら連絡いただけると助かります」

明美は自分の連絡先をメモに書いて高倉に渡した。

「見つかるでしょうか」

メモをエプロンのポケットに入れつつ、高倉が不安げに尋ねた。

「遠くから来たとは思えませんし、もし心配しているなら、置き去りにした場所に戻ってくるかもしれません」

明美は三木の言葉を受け売りした。

近いうちにまた様子を見に来ると言って部屋を出かかると、部屋の入り口から「ミッチー」と呼びかけるひそめた声が起きた。

小学校低学年くらいの女の子がパジャマ姿で体半分をのぞかせている。乳歯（にゅうし）が抜けて上の前歯が一本ない。その顔がにっこり笑っている。

高倉があわてて駆け寄ってかがんだ。

「だめじゃない。あんまり歩き回っちゃいけないって朝比奈（あさひな）先生に言われてるでしょ」

「だってミッチーすぐ帰ってくるって言ったのに、ぜんぜん来ないんだもん」

「ミッチー」は高倉の愛称らしい。

「ほら、ご挨拶（あいさつ）して」

女の子の肩を抱えて、明美の方に向かせた。

明美もかがみこみ、視線を同じくした。

「こんにちは」

物おじしないらしく、誰だろうという興味が、その目には満ちている。

「わたし、萌香（もか）。橘（たちばな）萌香。これ家来のミヤビくん」

手にしていた熊のぬいぐるみを掲げてみせた。かなり長い間一緒にいるらしく、もとの茶色が擦（す）り切れてくすんでいた。

「地下鉄の警備員さんよ」

高倉の言葉に、萌香の目が見開かれた。

「すごい。わたし地下鉄乗りたい」

「いつか乗れるわよ。さ、ベッドに戻りましょ」

高倉にうながされ、萌香は手を取られて歩いていく。

「よかったら、のぞいていきませんか。すぐ近くの部屋なんです。お客さんが来てくれるとみんな喜びますから」

高倉に言われ、上目使いで萌香からもおいでよと言われては、このまま帰るわけにもいかない。

明美はうなずいてついていった。

小児病棟には長期入院をしているこどもたちの部屋が用意されており、高倉が向かったのはそこだった。

部屋に入っていくと、歓声が起きて数人のこどもたちが高倉の前に近寄ってきた。

「お客様にご挨拶して」

取り囲んできたこどもたちが、明美に向かって口々に挨拶をした。

「こんにちは。穂村っていいます」

元気のいい声に圧倒されつつ、明美はこたえた。

「地下鉄の人だよ」

萌香がほかのこどもたちに説明してくれる。

萌香を入れて六人のこどもは、短い者で一年、長いと三年近くも入院しているという。

ほとんどここで育ったという子もいるらしい。

そう囁(ささや)かれて、あらためてこどもたちに目をやった。一見するとどこも悪くないように元気だが、小児がん、心臓疾患、免疫不全といった病気を持っているという。あとで聞いたところでは、完治して退院できる子の方が少ないらしい。萌香という女の子は心臓疾患で、ドナーを待っているのだそうだ。あまり動き回るのはよくないのだ。

萌香をベッドに寝かしつけて戻ってきた高倉は、苦笑を浮かべた。

「あとふたりの職員と交代で担当しているんです。看護師というより、どちらかといえば保育士ですよね。子守りみたいなものです」

とはいえ、かなりの負担だろう。年齢も病気もまちまちのこどもたちと付き合うのだ。

「わたしの息子も以前ここにお世話になったんです。それで、恩返しみたいに手伝うようになって、もう十年です」

明美はただうなずくだけにとどめた。「以前お世話になった」という息子のことは聞くまでもないと思えた。だからこそ、ここでこどもたちの面倒をみようと考えたのに違いない。金が稼げるからといってやりたくもない仕事をしているより、よほどやりがいがあるともいえる。

——自分も同じだ。

父親が地下鉄の運転士だったことや恋人の的場要一(まとばよういち)が地下鉄構内で殺されたことが、今の仕事を引き寄せたのだ。

高倉の姿を目にしつつ、明美はそんなことを思っていた。

四

翌日から明美は、表参道駅を通る三路線を受け持ち、通過するごとに表参道で降り、トイレの周辺に記憶にある女性が来ていないか注意を払うことになった。

だが、それらしき姿に出くわすことはなかった。

一方で、その後も何度か病院に足を向け、マリアの様子を見舞った。高倉がいるときには長期入院のこどもたちのところにも顔を出した。

自分のかかわった一件にのめりこみすぎるのはまずいと、以前奥野に忠告されたことがあったが、かといって置き去りにされた赤ん坊を病院に渡して、あとは関係ないと澄ましていることは、どうしてもできなかった。

それに小児病棟にいるこどもたちのことも頭から離れなかった。健康ならどこへでも行きたいときに行ける。地下鉄に乗りたいなら、乗れる。毎日通勤や通学でうんざりしつつ地下鉄に乗っている乗客もいるだろう。

だが、小児病棟にいるこどもたちは乗りたくても乗れないのだ。誰もが当たり前にやっていることができないことのもどかしさが、明美にはわかる気がした。いや、じっさいにはわかっていないのかもしれないが、理解しようとしたかった。

「あー、それわかるよね」

遅番が終わったあと「エルニーニョ」に集まったとき、明美が小児病棟の件を持ち出すと、原口由紀が大きくうなずいた。

「なによ、あんたわかるの」

町村光江(みつえ)がいつものように突っ込みを入れた。

「わかるよ。高校のときさ、成績いっつも平均行かなかったから」

自慢(じまん)げに原口が煙草(たばこ)の煙を吹き上げた。

「なんだ、そういうことか」

「でも、そういうことでしょ」

応援を求めるように原口が顔を向けると、ちょっと考え込んでから奥野はうなずいた。

「そうね。できることが少ないと、ほかの人より劣っているって見られがちだし、駄目(だめ)な人って見下されることも多いかもしれないわね」

「それならわかる。劣ってて駄目な人ね。よくわかる」

なかば冗談で町村が含み笑いとともに原口を見た。

「はいはい。なによ。たしかにそうかもしれないけどさ。べつに困ってないし」

「そう。当人はべつに困ったりしてない」

奥野の言い方には続きがあるように感じられ、明美たちは視線を注いで待った。そういう呼吸は、半年以上も二日おきに酒を酌(く)み交わしていればわかってくる。ふたたび奥野が口を開いた。

「駄目なところや劣っているところなんて、誰でも持っているし、自分ではどうにもならないものだってあるでしょ。それと同じはずなんだけど、なぜ普通の人と同じじゃないから駄目って思うのか、なぜその人を見下すのか」

「そりゃたしかにおかしいよね。見下したりするつもりはないしね」

「それはありがとうございます」

町村の言葉に、原口がバカ丁寧(ていねい)に頭を下げた。

「でも、そういう風にしか見ない人もいる」

苦々しげに奥野がつぶやいた。

「それって、わたしたちの見方の問題ということですか」

明美の問いに、奥野が続けた。

「もともと見下す人は論外だけど、気づかないうちに見下していることもあるんじゃないかなって。目の前に難病のこどもがいる。それをなんとかしてあげたいって思うのは、べつにいけないことじゃない。ただ、かわいそうって感じて、なんとかしたいと思うのは、ちょっと違う気がするのよ」

はっとした。「かわいそう」と思うことは、相手を見下していることになるし、自分より低く見ていることにもなる。むろんあからさまに見下すのは論外だが、もしかすると自分も無意識のうちに「かわいそう」と思うことで見下していたかもしれなかった。

腕組みした原口が、しばし考えて口を開いた。

「まあたしかに、かわいそうっていうの、馬鹿(ばか)にされてる気がするよね。引け目は感じてるかもしれないけど、だからって憐(あわ)れまれても大きなお世話だし」

「なにかできないことがある人がいれば、できる人が手助けする。それだけのことだと思うのよ。でも、見下したり憐れんだりする気持ちがあると、善意が善意じゃなくなる」

奥野が視線を遠くにやりつつ、つぶやいた。

「あと損得だよね。他人を損得でしか見ないやつら」

町村がグラスをあおってため息をついた。

たしかに、損得でしか物を考えないのも「かわいそう」とは別かもしれないが、相手を人とみなしていないかもしれなかった。

「でも、まあ、こんなわたしでも」

重苦しくなりかかった雰囲気を振り払うように、原口が片手で長い髪の毛をさっと払った。

「この美貌(びぼう)があるからさ」

それを見て、とっさに町村がパーマでまとめた髪の毛にもかかわらず、さっと片手で払った。

「同じく」

奥野も短くした髪の毛を払った。

「ですね」

三人が待ち構えている気配を感じ取り、明美もやらざるを得なかった。肩のあたりに片手をさっとやった。

だが、言葉が出てこなかった。

「ええと」

「ノリ、悪いよ」

町村が肘でわき腹をつついてきた。

「すみません」

「ていうか、どっちかっていったら、カワイイだし。両手を口のとこに持ってってって、きゃはとか」

原口の言葉に、ほかのふたりが笑いながらうなずいた。明美は首を縮めて小さくすみませんとまた答えた。


その日から、明美の中では少しだけ人に接するときの姿勢が変わったようだった。

自分のかかわった一件にのめりこみすぎるのがまずいという奥野の言葉を、もう一度かみしめた。

警備の仕事をしていると、トラブルの仲裁に入ったとき、先入観でものごとを判断してしまうことがある。外見や物言いといった印象で、本来は非がないのに、その人に非があるように思い込んでしまうような場合だ。警備員だからといって、自分が特権を持っていると勘違いしてしまうこともある。

間違った正義感とでもいえばいいだろうか。

自分のやっていることが正しいと思い込むことの怖さを教えられた気がした。

行動に移す前に、いったん立ち止まって自分の判断が正しいかどうかをみずからに問う。

それが大事なのだろうと明美は思った。

ただ、それからしばらくはそんな判断をする場に出くわさないまま、警備の仕事は続いていった。

表参道駅のトイレを見て回ることも続いたが、それらしき人物は現れない。

そのうち、マリアが病院から施設に移されることになったという知らせがあった。施設に行けば、里親に引き取られていく可能性も出てくる。すぐというわけではないにしても、そうなれば生みの親と永久に会えなくなってしまうことになる。

「どこも悪くないと、病院としても長くは預かれないですしね」

訪ねて行った明美に、高倉は申し訳なさそうにそう言った。

すでに保育器からは出されて、小児病棟の別のベッドに移されていたマリアは、両手両足を元気に動かし、覗き込む明美を珍しそうに見ていた。

「むずかって泣いたりぜんぜんしないんですよ。手間がかからないし、ここで面倒見てあげてもいいんだけどって、みんなして言ってるんですけど」

とはいえ、金銭が発生することだから、しかるべき施設に移すしかないという。

「明日施設の職員さんが来るそうです」

「親を見つけようと頑張ってはいるんですけれど」

明美は無力感とともにつぶやいた。どうにかしてやりたいが、費用を肩代わりするわけにもいかない。のめりこむというのは、その相手に対する責任を背負うことでもある。

その責任を引き受けるだけの覚悟もないのなら、簡単にのめりこむべきではない。

あらためて明美はそのことを実感した。それは、安っぽい同情や憐れみが、どれほど相手を傷つけるかということでもあった。

小さな手を取り、何度か揺すってお別れをした。

「萌香ちゃんにも会っていってください。あの子、アメリカで心臓の手術が決まったんです」

近いうちに両親とともに渡米するという。集まった募金で手術ができることになったらしい。ただし、手術が成功するかどうかは半々だそうだ。

高倉とともに小児病棟に行くと、萌香が「ミヤビくん」を両手で自分の前に突き出し、熱心に話をしていた。何を言っているのか小声でわからなかったが、入っていった明美を認めると、前歯の抜けた顔が笑いかけてきた。

「萌香ね、アメリカ行くの」

「よかったわね。元気になって帰ってきてね」

「お姉ちゃんのように走れるようになれるといいな」

明美が駅伝の選手だったことや、いまでも走っていることは、何度か来ているうちに話していた。

「そうだね。そしたら一緒に走ろう」

「ミヤビくんも走るって」

萌香は「ミヤビくん」の頭を持って、うなずかせた。

「頑張ってね」

「うん」

手術が成功するかどうか半々だということは、本人には知らされていないのかもしれなかった。

安っぽい同情や憐れみではなく、心底頑張ってと言ったつもりだ。だが、手術をするのは明美ではない。その責任を明美には引き受けられない。

のめりこむのにも、限界があるのだ。

萌香とのやりとりは、明美にそんなことを思い知らせた。

五

父親の法事が執り行われた日は、ちょうど非番だった。

まだ残暑が厳しく、寺で法要をおこなったあと、青山墓地にある穂村家の墓に参り、参列者が予約した宴会場に着いたときには、暑さでどの顔もぐったりとしていた。

会場の正面に作られたテーブルには父の遺影(いえい)が立てかけられ、日本酒を注いだグラスがその前に置かれた。

父は付き合い程度の酒で、家では一切飲まなかったが、そういうことを口にするのは野暮(やぼ)というものだろう。

家から持ってきた遺影は、いつもは仏壇に立てかけられているもので、明美も見慣れたものだったが、家を出てから目にしたのは初めてで、新鮮な気がした。運転士の制服を着け、口を引き結んでいた。身分証に使っていた写真だから、亡くなる少し前のものだ。

司会がいるわけでもないから、母が挨拶したあと、かつての地下鉄職員の同僚が音頭をとってビールで献杯となり、そこでやっと明美もほかの客と同様、ひと息つけたような具合だった。

食事と雑談になって、明美は母親の代わりに酒をつぎつつ挨拶をして回った。

亡くなって十六年過ぎてもかつての同僚が法事に来てくれるというのは、人望があった証しだと口にした客がいた。

たしかに、そうかもしれない。顔には出さなかったが、明美は内心誇(ほこ)らしかった。

目下地下鉄で警備員をしていることは、参列した三木統括官から聞いたのか、全員が知っていた。だが、的場要一が殺されたことまで知らされていない者は、「同情」や「憐れみ」というより、単におせっかい的な好奇心から「結婚は早い方がいいよ」といった無神経な言葉を投げかけてきた。

なるほどそういうことかと思った。悪意はないにしても、結婚できない者は「かわいそう」と思われているらしかった。

会は二時間ほどでお開きになった。

これからどこかへ飲みなおしに行こうと話している者や、母の郷里である長野から出てきた親戚たちを送り出し、最後に三木だけが残った。

人がはけるのを待っていたのかどうかわからないが、喪服姿の三木が明美と母の前に来た。

母が恐縮（きょうしゅく）しつつ、娘は仕事がきちんとできているのかと三木に尋ねた。

「もちろんです。なかなかたくましいですよ」

いかつい顔つきがほころんだ。

目の前で言われる明美の身にもなってほしかったが、首をすくめて黙っていた。

お茶でもどうかという母の申し出を断った三木は、明美に顔を向けた。

「それじゃまた明日」

「ありがとうございました」

明美はそれだけ言って頭を下げた。最初は気づまりに感じていたが、仕事で関わっていくうちに三木に対する信頼感が生じてきている。だからこそ、くどくどと余計な言葉を重ねるより、短い挨拶で済ませる方が、いいと思えた。

見えなくなるまで三木の背中を見送ったあと、母とともに会場を出た。

互いに口を開かないまま、渋谷の駅へ向かう坂を下っていく。

勤務する渋谷の詰所からも近くだし、見慣れた風景だったが、やはり父親の法事のあとのせいか、もの寂しい気がした。

「ちょっと休んでいこうよ」

立ち止まった母が、横にある喫茶店を目で示した。明美はうなずき、先に立って店に入っていった。母と面と向かって会ったのは、実家を出てから初めてだ。一年近く顔を合わせていなかったから、明美にしてもこのまま別れるのは気が引けた。

窓側の席に母と向き合って座ると、まずは母が背もたれに身体をあずけ、扇子をはたきながら苦笑をもらした。

「前のときはそうでもなかったけど、やっぱり歳ね」

あっけらかんと言い放つところをみれば、さほどこたえているようにも感じられない。とはいえ、もう五十なかばだ。ひさびさに母を目にすると、歳を取ったという印象が強い。顔は化粧でごまかしているが、喉首（のどくび）のたるみまでは無理なようだ。

思わず自分の首筋に手をやっていた。そのしぐさを気取られないように、ごまかすつもりであわてて尋ねた。

「いくつになったっけ」

「三十七。そのあとは数えてない」

何度も聞かされた答えがまた出た。

父が亡くなったとき、母は三十七だった。操を立てていると言いたいのだろう。

今度は明美が苦笑した。

町村光江の顔がよぎったのだ。ちょうど同じ年齢だった。とすれば、まだまだ母は若々しいか。

すぐにアイスティーがふたつ来て、互いに喉をうるおす。会場は冷房が効いていたが、ここまで来るあいだの西日がひどかった。酔い覚ましの意味もある。

「でも、ほんとに仕事きちんとやっているようでよかった」

「娘の言葉を信じないで三木さんから聞いて信じるって、どうかと思うけど」

「だってなに考えてるのかわからないもの。ひとことも説明なしに教師になるのやめてさ。どうするのかと思ったら警備員でしょ」

「話持ってきたの、母さんじゃないの」

「気晴らしにどうかと思っただけよ。長くやるなんて思ってなかったし」

「向いてたのよ」

「でもさ」

そこでちょっと言葉に詰まったが、さらにつづけた。

「そりゃ要一さんのことがあったのは残念だったけど、なにも派遣みたいなことしなくても」

「派遣だって立派な仕事よ」

「そりゃそうだけど」

まだ言い足りなそうな顔をしたが、母は黙ってストローに口をつけた。

――早いとこ結婚して安心させてよ。

そう言いたかったのに違いない。

要一を殺した犯人を見つけ出すためにこの仕事についたことを母は知らない。

亡くなったあと二年近く精神的に参っていたが、あるとき決心したのだ。

――犯人を捕まえないかぎり、自分は前に進めない。

むろん結婚など考えられるはずもなかった。

だが、どうやったら犯人を見つけ出せるのか、まるで見当がつかなかった。そんなときに母が地下鉄警備の話を持ちかけてきたのだ。

「ところでちゃんと聞いたことなかったけど、警備の話って、三木さんから来たんでしょ」

尋ねると、一瞬とぼけようとしたらしいが、いまさらと思い直したのか、母は軽くうなずいた。

「あんたのこと、相談したのよ。二年近くも落ち込んでたから。そしたら、警備の仕事があるからどうかって」

「父さん亡くなってからも連絡取ってたんだ」

驚いて見せると、睨んできた。

「変な誤解しないでよ。父さんがね、亡くなる前に困ったことがあったら三木を頼れって。そう言われてたのよ」

あまり行き来をしている様子もなかったが、父は三木をそれだけ信頼していたということなのだろうか。

「そういえば、三木さんて結婚してるの」

ふいに疑問が起きた。仕事場でも、統括官は実生活がよくわからないなどと噂されているのを聞いたことがあった。

「しなかったみたいよ」

「なんでかしら」

母の顔が窓の方にさりげなく向けられた。なにか知っているようだが、話すつもりはないらしい。

そう思ったとたん、すぐに顔が戻され、手にした扇子を明美の前でひと振りした。

「ちょっと、変なこと考えないでよ。そういうことじゃないんだから」

「わかってるってば。でも、三木さんと父さんて、どういう知り合いなの」

「言ったじゃないの。大学のときの友達よ」

「それは聞いたわよ。もう少し詳しく」

母はアイスティーを飲みながら、肩をすくめた。

「じつはよく知らない。というか、あまり父さんも話したがらなかったのよ」

「なぜ」

「仲は良かったらしいの。でも、そのあと、あんまり仲良くなくなった」

ちらりと手荷物の中にある父の遺影に目を落とした。

「大学を卒業してからは、ぜんぜん会っていなかったみたいよ。ばったり顔を合わせたのが、サリン事件のときってことね」

明美の生まれる四年前の話だ。カルト集団が地下鉄の路線にサリンをばらまいたテロ事件があった。死者十四人、負傷者は六千人にのぼるといわれた。

当時のニュース番組などをテレビで繰り返し放送するし、ネットにも事件を考察するような動画がいくつも上がっている。

しかも父の働いていた地下鉄での出来事だから、明美もよく知っている。

「あのとき、父さんは渋谷行きの銀座線を運転して三越前（みつこしまえ）まで来てたのよ。そこで地下鉄はストップして、最初は爆弾が爆発したっていう話だったらしいの。情報が混乱していたのよ」

ともかく大きな事故が起きたのはたしからしい。そこで各駅から地下鉄職員も救助に向かった。現場は広範囲だったが、父は三越前駅から同僚たちと一緒に霞ヶ関（かすみがせき）駅へ地上から車で駆けつけた。

そこには警察と消防の車両が入り乱れ、道路にはへたりこんでいる者が大量にいた。なにが起きたのか、まるでわからない。駆けつけたはいいが、どこから手をつければいいのかわからず、警察関係者らしい者に声をかけた。

それが三木だったというのだ。

互いに一瞬顔を見合わせたが、久闊(きゅうかつ)を叙(じょ)する暇もなく、互いがどういう職についていたのかを確認し、三木に頼まれて倒れている者の介護をしたらしい。

「そのときはそれきり会えなかったらしいけど、半年ほどして三木さんが職場に会いに来て、それからまた付き合いが始まったというわけ」

かなり詳しく話を聞いていると思えたが、にもかかわらず、父と三木が仲違(なかたが)いしたらしい一件を口にしようとしなかった。

――いったいなにがあったのか。

すでに父が亡くなってしまっているいま、知りたいなら三木から聞き出すしかないのかもしれない。

もちろん機会があればの話だし、父同様に三木もまた口を閉ざすかもしれないが。

六

　翌日、点呼は副統括官のひとりだったから、三木と顔を合わせないまま勤務についていたのだが、昼過ぎになって無線で渋谷詰所に連絡を入れるようにという指示が入った。

　乗っていた車両を降り、ホームで渋谷詰所に電話をすると、三木が出た。

「いまどこかな」

「千代田線の湯島（ゆしま）ですが、緊急ですか」

「表参道の一件なんだが」

「見つかったんですか」

　急（せ）き込んで尋ねると、三木は聞こえなかったように続けた。

「湯島か。それなら現地で会おう。三時に高津（たかつ）駅の改札に来てほしい」

「高津。田園都市（でんえんとし）線のですか」

「そうだ。詳しい話は現地で」

　返事を待たずに通話が切れた。

　腕時計を見ると、二時を過ぎたばかりだ。余裕で行ける。はっきり答えなかったが、表参道の件というからには、マリアの母親が見つかったのに違いない。

とすれば、明美の予想は外れた。おそらく表参道からそう遠くない場所に居住しているはずと考えていたから、高津駅と聞いて意外だった。

　東京の地下鉄は周辺の私鉄と相互乗り入れをしているものが多い。半蔵門（はんぞうもん）線と東急田園都市線もそのひとつだ。

つまり、マリアを置き去りにした人物は、直通運転の車両に乗ってわざわざ表参道まで来たということになる。

そのあたりの事情がどうなっているのかも、三木と合流すればわかるだろう。

明美はちょうどホームにすべり込んできた伊勢原行と表示のある千代田線に乗り込んだ。大手町で半蔵門線に乗り換えることになる。

明美たち警備員は基本的に相互乗り入れしている私鉄路線区域には立ち入らないことになっている。だから半蔵門線も渋谷までいったん下車して反対方向に乗り換えるのが通常だった。

だが、きょうは渋谷で降りることなく、明美は車両とともに田園都市線へと乗り入れて行った。

最初は地下を走っていた車両は、二子玉川駅に到着する直前に地上に出た。高架橋の上に作られているホームからは多摩川が見える。川の向こうは神奈川県だ。

夕方から雨と予報されていたが、早くも小雨が降り始めていた。半袖のポロシャツ一枚では肌寒いくらいだ。

ここから多摩川を渡ったところが二子新地駅になっている。そのつぎが高津駅で、このあたりはずっと高架橋を列車は走っていく。

五分とかからず高津駅に到着した。

改札を出たところに、背広に着替えた三木が立っていた。

「お待たせしました」

振り返った三木が、重々しくうなずく。

「母親と思われる人が見つかったよ」

思われる、という言い方が気になった。

「ともかく、行こう」

明美はデイパックの中から折り畳み傘を取り出した。

先に立った三木について駅の前を右に折れて進んでいくと、すぐ道ぞいに見えてきたのは高津署だった。

傘をさしていた三木が入り口のところで立ち止まり、振り返った。

「表参道で赤ん坊を置き去りにしたと思われる女性は、ここにいる」

「逮捕されてるんですか」

「保護、というべきかな」

答えるとふたたび歩き出し、玄関に向かっていく。むろん、明美もそれに従った。

受付で三木が案内を乞うと、待ちかねていたのか、手にファイルを持った男がすぐに階段を降りてきた。

「ご足労おかけします」

スーツ姿の男は、深々と頭を下げた。四十前後だろうか。少し疲れたような気配があった。

刑事課の加藤文彦（かとうふみひこ）と名乗った。

「こちらが目撃したという穂村警備員です」

三木がそう紹介したあと、加藤は明美たちを二階に案内した。取調室ではなかった。来客用の応接室のようだ。

ソファに座るよう促され、女性警官が茶を出してくれた。

「さっそくですが」

向き合って座った加藤がファイルを両手に持ち、身体を乗り出してきた。

「昨日の夜、管内で一一〇番通報がありまして、交番勤務の警官が駆け付けたところ、アパートの一室でＤＶを受けている女性を保護しました。通報は近隣住民からのものです」

いままでも何度か通報が入ったことがあったが、毎回なんでもない、ただの言い争いだと男がこたえ、女の方もそれに従うようにＤＶであることを否定していた。

「夫婦、というより内縁関係のようでして、半年前に生まれたばかりの赤ん坊を連れて越してきたらしいんです」

警官は赤ん坊がいることは承知していたが、昨日は泣き声が聞こえなかった。赤ん坊はどうしたのか尋ねると、親戚の家に預けたと男がこたえた。

その口調に違和感を感じた警官は、なにかまずいことが起きているのではないかと疑い、応援を呼んでＤＶの容疑でふたりを高津署に連行した。男は逮捕、女は保護された。

そこでふたりの身元が明らかになった。

男は作業員で、工事現場を転々としていたようだ。女のことは女房だと言っていたが、フィリピンから出稼ぎに来た女性で、大阪のパブで知り合い、そのまま連れまわしているうちにこどもができてしまったらしい。

ただ、警官は昨日の時点まで、ちょっと訛りはあるが、女性は日本人だと思っていたという。名前もエリカと日本人風の名前を名乗っていた。

「二年前から、オーバーステイになっています」

つまり、日本での在留期限が切れているというのだ。

つづけて、加藤がファイルに目を落とし、説明をつづけた。

「品川の東京出入国在留管理局に問い合わせたところ、名前も判明しました。エリカは本名でした。フィリピンの女性にはよくある名前のようです。エリカ・キム。二十七歳。韓国人の父とフィリピン人の母のあいだに生まれていて、国籍はフィリピンです。技能実習生として入国しましたが、職場だった岐阜の裁縫工場から消えています」

「消えた、というと」

三木が初めて口を開いた。

「つまり、逃げ出したようです。賃金の支払いをしてもらえず、休日は月に一日か二日、残業も毎日六、七時間やっていたと言っています」

「ひどいな」

「まったくです。逃げ出したくなって当然でしょうね。たまたま男に拾われて、なんとか生きてきた。ところが、その男がＤＶ男だった」

「なるほど」

「そこで表参道駅に赤ん坊を置き去りにしたというわけですね」

「いや」

明美の問いに、加藤は言いよどんだ。

「ふたりのあいだに赤ん坊がいたのは事実です。住民の何人もがその姿を見ています。ですが、昨夜警官が駆けつけたときに、赤ん坊はどこにもいなかった」

まさか男が答えたように親戚に預けたはずもない。いったいどこへやってしまったのか。周辺に聞き込みをすると、九月八日の日曜日にエリカが赤ん坊を抱え、最寄りの二子新地駅から田園都市線に乗ったのを目撃したという者が出てきた。夕方だったという。そして、それ以後、赤ん坊の姿を目にした者はいない。

「彼女が東京方面に行ったのはたしかなのですが、赤ん坊がどうなったのか、わからない。彼女が赤ん坊を連れて出たのなら、どこかに置き去りにしたに違いない。警視庁で事件になっているはずと踏んで問い合わせをしたところ、赤ん坊の置き去りが同じ日の夜にあったとわかりました」

「では、エリカさんが置き去りにしたのは確実です」

いまさら明美を呼びつけるまでもないだろう。

だが、明美の返答に、加藤は困惑したように顔をしかめた。

「本人は置き去りなどしていないと言い張っているんです」

「どういうことですか」

「当日、自分は表参道になど行っていない。赤ん坊も連れていなかった。自由が丘に行って服を買ってきただけだ。そのあいだに同居した男がどこかへ連れ去ったに違いないと」

「そんな」

「男に問いただしても親戚に預けたの一点張りでしてね。厄介払いできたくらいにしか考えていないらしい。そこで目撃者である穂村さんに来ていただいたわけです」

明美は隣に座っている三木に視線をやった。

「その女性だったかどうか、確認してほしいというんだ」

七

ドアがノックされ、女性警官に連れられて入ってきた姿を見て、息をのんだ。

右目からこめかみにかけて青黒くなった痣があったし、唇も腫れあがって血が固まってこびりついている。水色の長袖トレーナーにも、血が点々と残っていた。足も少し引きずっているようだ。

明美はＤＶを受けた当人を初めて目の当たりにして、言葉を失っていた。

エリカは部屋にいる者を警戒する様子で見回し、明美の顔にも、特に反応を示さなかった。

「いかがですか」

加藤刑事が明美に尋ねた。

見るのはつらかったが、あらためてエリカの様子に視線を向けた。

挑むような目が、明美を見返してきた。

目撃したときは髪の毛で隠れていたが、いまは後ろでまとめているから顔の輪郭がはっきりしていた。頬骨が高いのは似ていたが、確信を持てない。声を聞ければ。

「こんにちは」

声をかけたが、エリカは軽く頭を下げただけだった。

「穂村明美といいます。表参道駅でマリアを見つけました」

一瞬、表情にひるんだ気配があった。だが、首をかしげるだけだ。

「ふたりだけで、話してもいいでしょうか」

エリカに視線を向けたまま、明美は加藤に声をかけた。置き去り事件の当日「すみません」というひとことしか聞いていなかったが、声さえ聞ければ。

加藤が、三木にどうすると尋ねるような目を向けた。

三木は黙って立ち上がり、部屋を出て行こうとする。

「では、少しだけ」

加藤が応じ、部屋にいたほかの者も出て行き、ドアが閉じられた。

明美は立ち上がり、エリカに近づいた。

「わたしのこと、覚えていませんか。トイレの入り口でぶつかった」

「知りません。あなたと会ったこと、ありません」

エリカがドアの方を気にしつつ、ひそめた声で告げた。

ハスキーな高めの声。

やはりマリアの母親だ。

しかし、なぜ置き去りを否定するのか。男がマリアを邪魔者扱いし、仕方なくそれに従い、置き去りにしたのだろうか。ＤＶ被害者は加害者に逆らえない精神状態に追い込まれると聞いたことがあった。

明美はわざとそっけない素振りをした。

「そうですか。人違いでしたか」

「そう。あなたのこと知りません」

あくまで否定するつもりらしい。明美はさらにあざける口調で言った。

「それならそれでいいんです。でも、ひどい親ですよね」

すっとエリカの表情が強張った。

「赤ん坊を置き去りにするなんて、ひどいってことです」

さげすむような明美の口ぶりに、エリカはきっと睨みつけてきた。

「そんなことないと思います」

「なぜですか」

「事情があったんじゃないですか」

「どんな」

「たぶん、一緒にいるとまずいことがあったんじゃ」

「あなたのようにですか」

そう前置きして、明美は自分の推測を口にした。

男に助けられ、生活するうちにマリアが生まれた。男が暴力を振るうことはわかっていたが、パスポートを取られてしまっていて逃げ出せなくなっていた。

暴力を振るわれても、警察に駆け込むことはできない。救いを求めればオーバーステイがばれる。

もし、そうなったらマリアを暴力男のもとに置いたまま、エリカはフィリピンに強制送還されてしまうことになる。

「だから、万が一のために、あなたはマリアを置き去りにした。違いますか」

エリカは視線をうろつかせ、首を何度か振った。

「それ違います。わたしと関係ない」

あくまで否定しようとしていた。

だが、事態は明白だった。

暴力男は逮捕されているが、エリカの身柄も入管に移送され収容されてしまう。強制送還は確実になってしまった。男が起訴（きそ）されず釈放（しゃくほう）されれば、マリアは施設から男の手に渡ってしまう可能性がある。

　暴力男から逃げるためには、母と子が離れ離れにならなくてはならない、ということだ。

　そのとき、気づいた。

　エリカの嘘を追及しようとしていた明美は、自分が置かれた状況に言葉を失った。エリカの嘘を見逃せば、マリアとは二度と会えなくなる。母親に違いないと証言すれば、マリアが暴力男のもとに行ってしまうかもしれない。

　――だが本当に、その二択しかないのか。

「その赤ちゃん、どうなりましたか」

　湧き起こった疑念に捉われていた明美に、エリカが尋ねてきた。すがるような目には涙が浮かんでいた。

「施設に送られて、そこで生活しています」

　エリカが目をつぶり、両手を胸の前で組んだ。祈りを唱えているようなしぐさだった。

「よかった」

「そんなに心配ならなぜ」

「知りません。わたしは何も知らない」

　強い口調でまた否定した。

明美は口をつぐんだ。それがエリカの思いなら、明美の立ち入る余地はなかった。

傘をさして高津署を出ると、ずっと黙りこくっていた三木に尋ねた。

「これでよかったんでしょうか」

わずかに傘を傾け、三木が横に並んだ明美に視線を向けた。だが、すぐに目を伏せた。

「わからない。わたしにも」

その横顔が苦しそうに歪んでいた。見たことのない表情だった。

「ただ、これだけは言える。赤ん坊を置き去りにしたのはたしかだろうが、そうせざるを得ないように追い込んだなにかがある、ということだ」

「同居していた男ということですか」

「そうじゃない」

怒ったようにそれだけ言って、三木は傘を戻すと先に立って歩き出してしまった。

明美は振り返ると、いま出てきた警察署に目をやった。

――さっきの証言は間違いでした。マリアの母親はエリカです。ほかの誰でもありません。たとえ今は離れてしまったとしても、いつか再会できる日のために、それだけははっきりさせておきます。

駆け戻ってそう言いたかったが、もはや遅かった。

あきらめて、明美は先を行く三木のもとに走っていった。

第五話　誰を信じますか

一

走行していた列車が、停止した。

――ただいま東京直下で大きな地震が発生しました。そのため列車は走行区間で急停止しております。落ち着いて指示に従ってください。

アナウンスが車内に響き、車内の照明が非常灯に切り替わった。

乗客は床に伏せるよう、指示が出された。

警報音がしばらく続いたあと、ふたたびアナウンスが流れる。

――これより駅まで線路を伝って移動していただきます。通路は危険ですので乗務員の指示に従ってください。

伏せていた乗客が身体を起こし始めると、乗務員が先頭車両の運転席中央にある非常口を開き、タラップを下ろした。

「こちらから降りて、通路の端を進んでいただきます」

ひとりひとりタラップを降り、指示に従って通路を進んでいく。

ほどなく「センター中央駅」に到着し、ホームに乗客が上がった。

「整列」

ホームにいた女性の指導教官が声を上げ、明美（あけみ）たちは小走りになって三列に整列した。

全部で六十人。

「以上が地震発生時の避難手順です。指示は乗務員がおこないますが、お客さまの中にはパニックになるかたもいらっしゃるかもしれません。みなさんには、そういった場合の対処をお願いすることになります」

列車から避難することになるのはまれだし、走行区間で緊急停止をすることは頻度としては低い。たいていは駅まで走行して停止することになっている。だが、地震のときにそううまくいくかどうかはわからない。

万が一走行区間で停止し、駅まで線路の脇を伝っていかなくてはならなくなったとしたら、体調不良になる乗客は確実に出るだろう。パニックが起きて指示に従わない乗客もいるかもしれない。そうなったとき、明美たち私服の警備員が乗車している場合には、的確な対処をしなくてはならない。

「地震のような大規模な件でなくとも、ちょっとしたことがおおごとにつながる場合もあります。たとえば車内にスズメバチが飛び込んできたら、どうしますか」

指導教官は、居並ぶ警備員に視線を向けた。

誰も返答はしなかったが、それぞれに考えをめぐらせているようだった。ハチは予測のつかない動きをするし、対応するにしても素早く移動するからむずかしい。以前の車両は窓が開けられたが、最近ではは め殺しになっている車両もある。そうなると車外に追い出すのは不可能だ。

「答えがあるわけではありませんが、つねに万が一の場合を考えて行動する必要があります。たとえば夏から秋にかけて殺虫剤を携行するというのもひとつの考えでしょう」

冗談めかして口にした。警備員の中からも失笑が起きたが、対応手段を考えていくと、有効な方法にも思えた。もっとも、そうなると今度は車内で殺虫剤を散布して安全かどうかが問題になってくるだろう。

「ほかにも注意すべき点として、間違った情報に踊らされない、ということがあります。最近では乗客の勘違いでおおごとになるような事例も起きています。乗客のひとりが刃物を持ち、振り回している。そう聞いたとき、それが本当なのかどうか、冷静に判断する必要があるということです」

少し前に、ＪＲの路線で起きた一件だ。調理師が布にくるんだ包丁を持って乗車したが、うとうとしているうちに布が落ちて、「刃物を持っている人がいる」と乗客が騒ぎ出した。

警備員としては、それが事実かどうか、重大な事案を引き起こすかどうかを冷静に判断しないとならない。大地震は言うまでもない。デマや勘違いを頭から信じてしまっては、警備員としては失格だろう。

地震や広域な事件、事故の場合は通信指令から直接連絡が入るから、警備員も判断を間違えることはない。しかし、流言（りゅうげん）が車内を走って乗客が的確な判断をできなくなってしまう可能性は大いにあるということだ。

その場合、明美たちの取るべき行動は、デマを打ち消すことだ。

地下鉄会社が地震対策の訓練を定期的におこなうのは当然だったが、それにとどまらない訓練だといえた。

「では、今回の研修はこれで終わりです。お疲れさまでした」

教官の声とともに「センター中央駅」のホーム上で、解散となった。

むろん、本当の駅ではない。新木場（しんきば）にある研修所内に作られたホームである。

ここにはまったくそっくりなホームが作られ、じっさいに本物の列車を使った研修がおこなわれている。おもに運転士と車掌のためのものだが、その間をぬって明美たち私服の車内警備員も研修を受けることになっていた。

毎月一回、遅番の次の日が研修になっていて、その翌日が非番になる。つまり、そこで一日勤務のサイクルがずれることになる。

月ごとに内容は違っていて、午前中は研修ルームで一時間半の講義をふたつ聞く。法律の話や心理学の話など、職務に関して知っておくべき知識に関するものだ。午後は地震、水没、人身事故といったケースごとの対処の仕方を実地に訓練する。

「どうしたんだろうね」

センターの出口に向かいながら、町村(まちむら)が声をかけてきた。後ろから追いついた原口(はらぐち)も少しばかり心配そうな顔になっている。

「来てませんでしたね」

明美はふたりに顔を向けつつ、こたえた。

奥野孝子(おくのたかこ)が研修にいなかったのだ。急用でもあって欠席したのかもしれなかったが、きのうも「エルニーニョ」に顔を出さなかったので、どうしたのかと三人で話し込んでいたところだった。

「また、やっちゃったとか」

原口が右手を殴るように突き出した。

「さすがにそれは」

町村が苦笑しかけ、言葉を切って、明美に視線を向けた。

「ないと思いますよ、それは」

以前、奥野は女子高生を平手打ちしたり痴漢(ちかん)を殴りつけたりして停職になったことがあった。事情はあったにしろ、乗客に暴力を振るったということになる。

しかし、同じことをそうそう繰り返すほど愚(おろ)かではないはずだ。明美たち四人の中では、いちばん知的で理性もある。だからこそ、なにかが切れると力に訴えてしまう一面があるのが意外だった。

まだ午後四時を回った時刻だが、明日は非番になるのでこのまま渋谷の「エルニーニョ」へ行こうということになった。

「メールしてみるよ」

研修センターの出入り口まで来たところで、町村がそう言って携帯でメールを送った。

「エルニーニョで待ってるって言っといた」

そこから新木場駅までぶらぶら歩いていると、今度は原口が深刻そうな顔で別の話を持ち出した。

「どうなるのかね」

それだけで明美にも町村にも通じた。

いまやっている私服の警備員についてだ。現在はまだ試用期間ということで、じっさいに効果があるかどうかを見ているところだった。だが、もう一年近くもそれが続いている。そろそろ結論が出てもいいころだった。

正式に導入されるなら、たぶんこのまま明美たちは採用されるだろう。しかし、導入見送りということになれば、どうなるのか。

採用時の契約書には、そのあたりのことは明確に書かれていなかった。臨時採用という形だから、用済みとなればすぐさま契約終了という可能性は高い。とはいえ、企業も理不尽な対応をすればトラブルになりかねないから、それほどひどい扱いは受けないだろう。

四人でああでもないこうでもないと話した結果は、そんなところだった。

だが、それでも先の見通しが立ちにくいから、ほかの私服警備員もその話を振ると心配そうな顔をしていた。

「まあ、年内には決まるらしいって旦那はちらっと聞いたって」

地下鉄職員の夫を持っている町村が、ため息をついた原口に向かって励ますように言った。

「もし採用されなかったら、また職探ししないとなんないよ。せっかくいい仕事見つけたってのにさ。でしょ」

明美に同意を求めてきたから、うなずいてみせた。

たしかにやりがいのある仕事だ。できるなら今後も続けていきたいと思っている。

もし契約終了となれば、唯一の心残りは的場要一（まとばよういち）を殺した犯人を見つけ出せなかったことだろう。

もちろん、私服警備をしていれば犯人に巡り会えるなどと安直に思っていたわけではないが、わずかな可能性としてどこかで犯人を見つけられるのではないかという淡い期待があった。この仕事がなくなったとしても犯人を探し出したいという思いに変わりはない。

ただ、この仕事だからこそ地下鉄構内で殺された要一を身近に感じていられたということもある。

「よくよく考えてみるとさ。この仕事が導入されたとしても、大々的に発表はしないよね」

首都高を横目に見ながら町村が苦笑を漏らした。

「なんでよ」

「だって、私服の警備員が乗ってますって公表したら、どうよ」

「どうって」

原口が首をかしげた。

「誰にも内緒だからこの仕事が成り立ってるわけでしょうが。それに変に乗客がほかの客を私服警備だ、なんて疑うことになってもまずいしね」

抑止のためには公表した方が良いのではと明美は思ったが、黙っていた。

「となると、ずっと日陰者ってことか」

やれやれといった顔で原口が肩を落とした。

明美としては日陰者でも構わなかったが、導入の決定だけは早めにしてほしいものだった。

そんなことを思いつつ新木場駅までたどり着いたとき、携帯が振動を伝えてきた。取り出して確認すると、五反田(ごたんだ)署の中窪由紀子(なかくぼゆきこ)刑事からだった。

たったいま要一のことを思い浮かべていたこともあり、明美はふたりに断りを入れ、その場を少し離れて電話に出た。

「ご無沙汰(ぶさた)しました。いまよろしいですか」

快活な中窪の声が届いた。

夏近くに要一の事件に疑問があり、再捜査をすると言われて以来だった。なにか進展があったのかもしれない。

「いまから署に来ていただけたらと」

電話では話せない内容だと言外（げんがい）に匂わせるような口調だった。

「わかりました。一時間でうかがいます」

明美はそう返事をして通話を切った。

町村や原口に要一の件は話していないが、水臭いと言われてもこちらを優先するのは当然だった。

二

用件が終わって時間があれば「エルニーニョ」へ行くと約束し、明美は月島（つきしま）駅でふたりと別れ、大江戸線に乗り換えた。

大門（だいもん）駅で降り、連絡している浜松町（はままつちょう）駅から山手線で五反田駅へ向かう。

五反田署には事件のあと何度も出向いているが、中窪が捜査の担当になってからは二度目だ。

到着した時には、すでに日が暮れかかっていた。

受付で名乗ると、すぐに中窪がファイルを手に現れ、以前来た時と同じ応接室に通された。

「工藤三郎（くどうさぶろう）という人物をご存じありませんか」

前置きもなく、中窪は切り出した。

しばし考えたが、そういった名前に記憶はない。素直にこたえると、中窪の目がじっと向けられた。疑っているように感じられた。

「的場さんの友人と面識はなかったのでしょうか」

「工藤という人が友人だったということですか」

「高校時代の友人のようですが」

要一の出身は兵庫の神戸だ。明美と知り合う前の友人ということだろうか。

「大学時代の友人はたいてい知っていますけれど」

「大学には行っていませんが、工藤という人物も東京に出てきています」

それでも、工藤という名前を要一から聞いた記憶はない。

顔を合わせる機会があったとしたら、葬儀のときだ。

葬式は市ケ谷の葬儀場でおこなわれた。年末にもかかわらず、多くの同級生がやってきて、明美は取り囲まれて悔やみの言葉をかけられていたから、注意が回らなかった。たとえ顔を合わせていたとしても、誰が誰なのかわかるはずもない。

「どこかで会っているかもしれませんが、急に言われてもちょっと」

「そうですか」

「その工藤という人が、なにか」

　中窪はちょっと息を整えるように肩を上下させつつ、手にしたファイルを開いて目を向けた。

「工藤三郎は窃盗で二度、振り込め詐欺の出し子として一度、逮捕されています。窃盗は不起訴でしたが、振り込め詐欺の方は一年の実刑を受けました。別件を調べていて工藤の名前が挙がり、ふたりの共通点を見つけたんです」

「というと」

「調書に出身高校が記されていて、卒業年も的場さんと同じでした。それで少し調べてみたら、どうも東京でふたりは連絡を取り合っていたようなんです」

　では、その工藤という男が犯人だというのか。

　ふとそう思った明美に、中窪は待てと言いたげに首を振った。

「防犯カメラの人物と工藤とはまったくの別人でした。背格好がそもそも違います。ただ、三年前の同じころ、工藤は振り込め詐欺の出し子をやっていました。逮捕されたのは翌年の二月です。本人にあたってみようと思ったのですが、調書にある住所にはもう住んでいませんでした。消息不明です」

　もう一度思い出す機会を与えるように、中窪は言葉を切った。

　だが、明美にはまるで記憶がない。

「それで、それと事件とどういう関係があるんでしょうか」

「あるかどうか、まだ証拠はありません。ただ、事件前後の状況を工藤三郎が知っている可能性もあるかと」

「工藤という人のこと、もう少しくわしく教えていただけますか。もしかすると、なにか思い出すかもしれません」

思い出しはしないだろうが、そう持ちかければ工藤三郎の情報を中窪は教えてくれると踏んだ。捜査状況を一般人の明美に話すのは違反かもしれないが、殺人の犯人につながるかもしれない手がかりを、中窪も必要としているに違いなかった。むろん、明美も同様だ。

中窪は視線をそらしファイルを机に置くと、ため息をつきつつ立ち上がった。

「ああ、そうだ。ちょっと用事を思い出しました。すぐ戻ってきますので、ここでお待ちください」

明美の返答を待たず、中窪はそのまま応接室を出ていった。

テーブルには捜査ファイルが開かれたまま残された。

しばしそのまま待ったが、中窪が帰ってくる気配はない。

おそるおそる明美はファイルを人差し指で自分の方に向けた。テーブルから手に取って読むほど図々しくはない。

逮捕時に撮られる写真、つまりマグショットがまず目に入る。クルーカットで日に焼けている顔が、こちらを向いている。睨(にら)みつけてはいない。どこか気の弱そうな顔つきだ。八の字眉毛とへの字になった口元が、困惑したような印象を与えた。

しばし目をあてていたが、明美にその顔を見た記憶はなかった。

写真の下に中窪が打ち込んだ調査事項が並んでいた。

本籍地、生年月日。

そのあたりは何の引っかかりも感じなかった。

だが、そのあとの経歴の中に、要一と同じ出身高校の名前があった。卒業年も中窪が言ったように同じで、あきらかに同級だ。ただし、友人だったかどうかまではわからない。卒業から半年ほどして上京し、さまざまなバイトを転々としたとある。大学へは進学しなかったのだろう。

逮捕歴は、不起訴になった二度の窃盗がいまから四年前。担当は池袋署になっていた。振り込め詐欺の出し子として逮捕されたのは二年前で、要一の事件があった翌年の二月だから、おそらく事件発生時には受け子をしていた可能性はある。

一緒に逮捕された仲間四人と起訴され、一年の実刑を受けた。

現住所は茅場町(かやばちょう)になっていたが、中窪の話によれば、すでにそこにはいないようだ。

だが、茅場町という文字を目にして、思い出した。

要一の遺品の中にあったロッカーの鍵は、地下鉄茅場町駅のロッカーの鍵だった。

ちょうどそのとき、見計らったようにドアが開き、中窪が戻ってきた。

「失礼しました」

「いえ」

ファイルを元の位置に戻す余裕はなかったが、向き合って座った中窪は、わざとらしくそれを元の位置に戻した。

「いかがでしょう。どこかで名前を聞いたり、顔を見たりしたことはありませんか」

明美は首を振った。

「さっき証拠はないということでしたが、中窪さんはこの工藤という人が事件にかかわりがあるとお考えですか」

その問いに、中窪は考えつつ口を開いた。

「あるとは言いきれません。ただあったとしても、直接ではないでしょう」

「というと」

「当時工藤が振り込め詐欺の出し子をしていたのは事実です。あるいはその件と的場さんの事件になにかしらの関係があった可能性はあるかと」

すっと中窪の視線が向けられた。どこか探りを入れているような気配があった。

要一もその仲間の一人だったのではないかと言いたいのだろうか。殺人事件が仲間割れによって引き起こされた可能性を、中窪は思い浮かべているのかもしれなかった。

「仲間だったと言いたいのですか」

「いえ、そういうわけではありません。ただそういう読みもできるということです」

馬鹿げている。

そう思いはしたが、言下に否定するだけの自信はなかった。

事件が起こってからあと、ことあるごとに「なぜ殺されたのか」という疑問が湧いた。湧きはしたが、納得の行く理由は考えつかなかった。

もしかすると、自分の知らない要一の一面があったのではないか、という不安をたびたび抱いていたのも事実だ。じっさい工藤三郎という男のことなど、要一はおくびにもだしたことはなかった。

むろん、どんなに親密な関係の相手でも、完全に相手のことを知り尽くせるわけでない。とはいえ、要一が犯罪にかかわっていた可能性があるとするなら、いつもそばにいながら明美がまったく気づかないはずがない。

いや、そもそも要一は金に困ってはいなかった。週に三日ファミリーレストランでバイトをして仕送りとは別に自由に使える金を稼いでいた。明美も同じ店でバイトをしていたのだから、そこは間違いがない。

考え込んでいた明美に、中窪は視線を向けてきた。

「経歴を拝見するかぎりでは、的場さんが振り込め詐欺の仲間だとは思えません。ですが、そういう仲間と接触していた可能性はあるのではありませんか」

たしかに、ないとは言いきれない。

それに、振り込め詐欺の仲間と顔見知りだったかはともかく、工藤という男が、要一が殺された理由や犯人を知っている可能性はあった。

いままでまるで手がかりがなかったことを考えれば、どうあっても調べなくてはならないという気持ちが強まった。

「わかりました。わたしの方でも彼の友人だった人に訊いてみます」

中窪はうなずいた。

「助かります。目下、ちょっと手がかりになりそうな線を調べてはいます。なにかわかったらすぐご連絡します」

なにを調べているのかは口にしなかった。

結局明美に訊いても無駄足だったという失望の方が大きかったのかもしれない。

明美は一礼して席を立った。


その日は「エルニーニョ」には行かずにまっすぐ帰宅し、久々に要一の実家に電話を入れた。

出てきたのは母親で、名乗るとすぐに懐かしそうな声が返ってきた。

「お元気だったの。最後にお会いしてからだいぶ経つけれど」

神戸でおこなわれた葬儀と四十九日には出席したし、去年の末には研修の合間に三回忌へも行った。だが、それからはずっと連絡を絶っていた。

三回忌のとき、警備員の仕事に就いたことと実家を出たことを告げてあったが、それから一年近くが過ぎている。

　警備員になるまでの二年ほどは、いま思い返せば、どん底にいた。なにをするにも意欲が湧かず、ほとんど外出もしなかった。生きている実感が失われていたというべきか。しかし、いまは違う。もっと頻繁に連絡をするべきだったという後悔が起きた。

「ずっとご連絡せずにいて申し訳ありませんでした」

「いいのよ。お仕事忙しいんでしょうしね。忙しいのはいいことよ」

　そこから言葉が続かなかった。話せば要一の話題になってしまうのを恐れている気配があった。

　明美は用件だけ口にした。

「じつはお尋ねしたいことがあってお電話しました。工藤三郎という人をご存じですか」

　一瞬息を詰めた様子があり、苦笑が起きた。

「あなたもなの。この前五反田署の女のかたからも問い合わせがあったんだけれど、名前を聞いたこともないのよ」

　自分の迂闊（うかつ）さに呆（あき）れた。中窪が実家に問い合わせるのは、当然だった。ぬかりなく調査をしたのだろう。それでも消息がつかめなかったのだ。となれば、それ以上は素人の明美にわかるはずもない。

　要一の母親に事情を説明し、五反田署の刑事に協力しているのだと打ち明けた。

　母親が息をひそめた気配が伝わってきた。

「ありがたいけれど、でも、そろそろあなたには自分の道を進んでほしいわ。立ち直って頑張っていると思ってたんだけれど」

今度は明美が言葉をのんだ。

明美のためを思って言ってくれたのはわかる。しかし、まだ三年も経っていないのだ。しかも、要一を殺した犯人は捕まっていない。地下鉄の警備員になった理由を打ち明けていなかったから、要一の母親は明美が新しい道を歩み出したのだと思っていたのかもしれない。

もちろん、そんなことができるはずもなかった。要一を殺した犯人を見つけないまま、いままでのことを忘れ去って前に進めるわけがない。

「あなたは若いのよ。自分の人生を考えて」

無理をしているのが伝わってきた。自分の息子のことを忘れてほしいと思っている母親などいない。

「近いうちに、ぜひまたうかがわせてください」

いたたまれない思いで、明美は話題をそらした。

「そうね。いらしていただけると嬉しいわ」

しばし考えているらしい間があってから、今度は悲しげな声が届いた。

「わたしもね、いつかは区切りをつけないといけないとは思っているんだけれど、でもなかなか……」

三

要一の母親の言葉を、明美は重く受け止めた。

たしかに「区切り」をつけなくてはならない時が、いつかはやってくる。

それは頭ではわかっていた。犯人を見つけることこそが、明美の「区切り」だと考えていた。だが、あらためて「区切り」をつけなくてはならないと言われたとき、じつのところ、犯人は永久に見つからないでほしいと思っている自分に気づいた。

――犯人が見つかってしまったら、そこで「区切り」をつけなくてはならない。

三年前のクリスマス・イブに、明美の人生は否応なく変わってしまった。だが、頭の片隅で、いまだにそんなはずはないという思いがあったのかもしれない。犯人を見つけさえすれば、以前の人生が取り戻せると言い聞かせていたのではなかったか。

そんなはずもないのだが、生きていくためにはよりどころが必要だったのだ。しかし、犯人を見つけてしまえば、この先なにをよりどころに生きていけばいいのか。要一の母が「区切り」をつけようと思ってもできないでいるのも同じことではないのか。

そう気づいたとたん、中窪の継続捜査に協力しようという気が失せてしまった。

大学時代に要一と仲がよかった者は何人か心当たりがあったにもかかわらず、結局連絡を取るのはやめてしまった。

このまま、いまのまま。

それが自分に与えられた道なのだ。要一の記憶とともに、自分は生きていく。

それでいいではないか。「区切り」など必要ない。

翌朝十キロのジョギングをしながら、明美はそう思い決めたのだった。

それからの二日間、工藤三郎のことは頭から追い出し、淡々(たんたん)と警備の仕事に没頭した。

しかし、時間が経つうちに、なにかしら居心地の悪さが胃のあたりにわだかまってきた。本当にそれでいいのかと感じるもうひとりの自分がいた。

じつは前に進むことに尻込みしているだけなのではないか。

犯人にたどり着いたとしても、前に進もうという気持ちになれなかったらどうしようと不安なだけではないのか。

そもそも、要一がいまの自分を見たら、犯人を追い求め続けることを、望むだろうか。

そんな思いも押し寄せた。

切実に、誰かに相談したいと思った。いままで自分の過去を話していなかったが、町村たちに打ち明けて意見を聞きたいと思った。いまの明美が心を打ち明けられるのは、あの三人だけのような気がしていた。

そんな気持ちをいだいて「エルニーニョ」へ向かったのは、それから二日後だった。

顔を合わせたのは三日前の研修以来だったが、町村と原口はすでに来ていて、生ビールを半分ほどあけていた。

もちろん、すぐに話を切り出すわけにもいかない。とりあえず明美もビールを頼み、あらためて乾杯をした。様子を見て話そうと考えていたのだが、なかなか切り出す勇気がなかった。いままで築いた関係がおかしなものになってしまうような気にもなった。黙ってジョッキを傾けていると、原口が唐突につぶやいた。

「きょうも来ないのかな」

店のドアに目をやっている。奥野のことを言っているのだ。

「べつに集まって飲むのは強制じゃないんだからさ」

「でも気になるじゃん」

町村の突き放した口ぶりに、原口は口をとがらせた。

「変に気をつかわれるのはかえって迷惑だよ。べたべたした付き合いっての、よくないよ」

「だって同僚だし友達じゃん」

町村が手にしていたジョッキを置いて、顔を突き出した。

「親しき中にも礼儀ありってこと」

「知ってるわよ、それくらいの言葉」

「言うは易し、行うは難しってわけだね」

「それも知ってるし」

馬鹿にするなと言いたげに原口は胸を張った。

「だったら意味言ってみな」

町村に挑まれて、うまく説明ができないらしい原口が、明美に助けを求める視線を向けてきた。

「なにごとも口にすることは簡単だけれど、それをじっさいに行動に移すのはむずかしい」

説明しながら、まるで自分のことだと明美は思った。

町村がうなずき、原口に向かってため息をついた。

「知ってても、それを使いこなせないなら意味ないんだよ」

「はいはい。すみませんでした」

原口が肩をすくめてみせた。

「ま、来る来ないは、本人の勝手なんだから。友達だから気にかけるのはいいけど、度が過ぎるとお節介になるし、もっとひどいと束縛になる」

「そうか。まあ、そうだよね」

原口も納得したようだ。

そんなやりとりをしつつも、結局研修日以降、誰も奥野と顔を合わせていなかったから、なぜ奥野が研修に来なかったのか、明美ばかりでなく原口も町村も気にかかってはいるのだ。

明美は一杯目のジョッキを空け、二杯目を注文しようとしてカウンターの方に振り返った。

店のドアが開いた音がしたのは、そのときだった。

三人の視線はひとりでにそちらに向けられた。三人がとらえたのは足早に近づいてくる奥野孝子の姿だった。

「どうしたのさ。研修サボって」

町村がくだけた調子で尋ね、やってきた奥野をさりげなく迎え入れた。

「まさか男とデートだったりして」

原口もからかう口調で奥野に声をかけた。

「ごめんなさい。急用ができて。デートじゃないけど」

苦笑を浮かべて答えながら奥野はボックス席に腰をおろし、カウンターの中にいたマスターに向かって水割りを注文した。

「ま、毎度のことで、たいした研修じゃなかったんだけどね」

「たしかに」

町村の言葉に、原口が応じた。

研修を欠席したことにはそれ以上触れず、あらためて四人で乾杯をすると、やっといつもの雰囲気になったように感じられた。

最初のうちは無駄話がつづいた。だが、仕事の愚痴(ぐち)が出ると、そこから徐々に、目下、原口が心配している警備員職の継続があるのかどうかという話題に移っていった。

「なんか新しい情報、旦那さんから聞いてないの」

原口が町村に取り縋るような目で尋ねると、町村は三杯目のジョッキを空けてから、手招きして顔を寄せろと合図した。

「これはぜったい漏らすなって言われてるらしいんだけどさ」

三百人ほどいる私服警備員はこれから個別に各地区の統括官と面接をすることになっているという。そこで継続の意思があるかどうか尋ねられるというのだ。

「なんでそんなことすんのさ」

明美も思い浮かべた疑問を、原口が口にした。

「本人のやる気があるかどうかを尊重するってことでしょ。嫌なら辞めてもらっていいってことよ」

「じゃ、やりたければやれるってことよね」

町村は、原口の問いに首をかしげた。

「それはわからないけどね。ただ」

言葉を続けようとした町村を遮るように、奥野が重々しくつぶやいた。

「勤務評定ですよね」

目を見開いた町村が、奥野に顔を向けた。

「なんだ、知ってたんだ」

「どういうことですか」

明美が尋ねると、奥野がつづけた。

「いつもとは思えないけれど、わたしたちの勤務状況は査察で見回っていた者にチェックされていたのよ」

「それって単なる噂だったんじゃないの」

原口が口をとがらせた。

「かもしれないけどさ。でも、考えてみなよ。傍から見れば地下鉄に乗り回っているだけの仕事なんだもの。車内でトラブルがあったときに対応しないような者がいれば、警備員としては失格だから」

「だからって見張ってるって、ひどいじゃない」

「でも、そうしないと手を抜く者もいる」

奥野のぴしりとした口調に、原口はため息をついた。

「たしかにそのあたりは信頼関係で成り立てばいいわけだけれど、そうもいかないってこと。やらないといけないときに知らんぷりしてるってことだと、まずいわけだしね」

町村の説明に、明美もうなずいた。

手を抜こうと思えばいくらでも抜ける仕事だが、必要なときにしっかり対応ができるかどうかが問題だった。じっさいに乗客にトラブルが起きたとき、的確な対処をできているなら、本当に査察官がいたとしても文句を言われる筋合いはないだろう。

そんなことを考えていると、ふと原口が視線を送ってきているのに気づいた。眉をしかめ、ちらりと奥野の方に目を向ける。

とっさに理解した。

研修を欠席したことと勤務評定の件につながりがあるのではないかと原口は考えたらしい。それを奥野に訊いてみろと言っているのだ。四人の中でいちばん年下の明美にその役回りを任せたいのだろう。

「あの、もしかして。研修を欠席したこととといまの話と、関係あるんですか」

おずおずと尋ねた明美のわき腹を町村が肘でつついたが、遅かった。

奥野がちらりと明美に目を向けてから、手にしていたグラスを干してテーブルに置いた。

「辞めることにしたの」

あっさりと答えた奥野の言葉に、原口と町村があっけに取られた顔になっている。明美も同様だっただろう。

「辞めろって言われたわけじゃないのよ。自分から辞めるって申し出たの。私には警備員の資格がないから」

「でも、べつに手抜きしてたわけじゃ」

言いかけた明美は途中で口をつぐんだ。それを言うのは、暴力沙汰の件をわざわざ持ち出すに等しかった。奥野が辞めると言い出した原因はそれ以外にない。

明美たち三人は黙りこくり、しばしの間があった。

それを破ったのは、奥野だった。

「間違っていたことに、気づいたの」

吹っ切るような口調は、重荷を下ろしたと言いたげだった。

いったいなにを間違えていたというのか。それだけではわからなかった。

「それって、どういう」

原口が尋ねかかると、町村がかぶせた。

「理由は訊かない。自分で決めたんだから、あたしらはどうこう言える立場にはないしね。でも、困ったことがあったらいつでも言ってきてほしい」

「ありがとうございます。みなさんにはよくしてもらって感謝しています」

奥野は明美たち三人に軽く頭を下げた。

暗黙の裡（うち）に、その話はここまでとなり、その晩は早々とお開きになった。

結局明美が相談を持ち出すきっかけなど、まるでなかったのだった。

四

しかし、なにを「間違っていたことに気づいた」のか、自分のこと以上に奥野の言葉が気になってしまった。

辞めようと決心した理由は、おそらく人を人とも思わない言動をする者に対して振るった暴力なのだろうと見当はつく。それ以外に思いつく理由はなかった。暴力を振るったのが「間違いだった」というなら、筋も通っているし、納得もできる。

だが、「エルニーニョ」で目にした奥野の様子は、それほど単純なようには見えなかった。だいいち、ちかごろでは暴力を振るって停職処分にはなっていない。

暴力問題よりもっと深い理由があって辞めると言い出したような気がするのだ。それが明美に引っかかりを残していた。

町村の言うように本人の決めたことなのだから口出しをするべきではないという考えもあるだろう。むろん、明美もおせっかいなことをするつもりはない。ただ、奥野が辞めると言い出した本当の理由を知りたかった。知らないままで奥野が辞めてしまうのは納得がいかないのだ。

「おい、聞いてるか」

注意をうながされて、あわてて背筋を伸ばした。

「すみません。ちょっと考え事を」

目の前に座っている統括官の三木(みき)が苦笑を漏らし、手にしていた書類に目を落とした。

町村の言っていた「面接」に早くも呼ばれ、応接室で向き合っていたのだ。「エルニーニョ」で飲んだ翌日は非番で、その次の日、早番を終えて渋谷駅の事務室に戻ると、点呼(てんこ)のあとで隣の応接室に来るようにと言われたのであった。

「聞いていなかったようだからもう一度言うが、この仕事が本格的に導入されると、いまよりも勤務はきつくなる。始発から終電まで時間帯が広がるし、ローテーションも変わるだろう。今後もやっていく気があるかどうかだけ各人に打診してほしいというから、個別に話をしている。いま決める必要はない。今回は意向を知りたいということだ」

「はい。引き続きやっていきたいと考えています」

三木は書類に目を落としたまま、うなずいた。その書類が「勤務評定」なのかもしれなかった。

「あの」

「ほかになにかあるのかな」

いかつい顔を上げた三木が目を向けてきた。

「万引き事件の際に一週間の減給を受けましたが、そういったことは考慮されるんでしょうか」

おそるおそる尋ねると、また苦笑いを浮かべた。

「まあ、多少はあるかもしれない。しかし、賞罰は正式に導入が決定した時点でリセットすることになるだろう」

「査察のかたからの報告もリセットでしょうか」

尋ねられている意味がわからないというように、三木の眉が寄せられた。

「なんだ、その査察っていうのは」

「わたしたちの勤務状況を見回っている役目の人がいると聞きました」

一瞬の間があってから、呆れたといった笑いが短く起きた。

「どこからそんな話を聞き込んだんだ。そんなことをしているとしたら、きみたちを疑っていることになるじゃないか。だいいち、そんな人員をさくだけの予算もない」

「では、単なる噂だったんですね」

「言っておくが、そういういい加減な情報を拡散しないでもらいたい」

「申し訳ありません」

少し迷ったようだったが、三木があらためて口を開いた。

「いや。本当のことを言えば、最初はそういう役目を設置する必要を言い立てた上層部もいたのはたしかだ」

明美は黙ってうなずいた。その口ぶりからして、三木は違う考えを持っているようだ。

「きみたちの仕事は車内の警備をするのが目的だ。むろん、車内警備の仕事を否定はしない。しかし、それだけではないと思っている。これは個人的な意見だが、きみたちはツアーコンダクターに近い気がする」

「ツアコン、ですか」

「まあ、たとえは悪いかもしれないが、そんな気がしている。乗客がそれぞれの目的地に安全に向かうための手助けをさりげなくする仕事だ。それも役割のひとつだと思う」

言いたいことは、わかる気がした。

しばし三木の言葉を胸の内で繰り返してから、明美はもう一度うなずいた。

「そういった仕事の方が、むしろ、警備より大事なことかもしれない。警備のもっと手前でしっかりとツアコンができていれば、トラブルが未然に防げることにつながりもする」

「はい」

「最低限の職務はできてほしいが、それ以上のことは本人が臨機応変に対処するのが第一だ。ちょっとした失敗なら、誰しもあることだ。失敗から学んでいけばいい。最初から失敗しないように監視して、傍から余計な口出しをするようなことはすべきではない。だからわたしは査察には反対した」

人を疑うのではなく、まずは信じる。

そういうことかもしれなかった。ここまで打ち明けてくれたのは、明美の父親と大学時代に親しかったせいかもしれない。

「ともかくきみの意向はわかった。年明けには正式に導入されることになる。もっとも、公表はできないがな」

正式に導入されても公表しないと話していた町村の言葉を思い出した。

「なぜ公表しないんでしょうか」

三木はその問いに、少し迷いつつ答えた。

「犯罪防止の点を考えれば、公表すべきかもしれない。しかし、乗客はどう感じるだろう」

「どう、とは」

「監視されていると感じるかもしれないし、まったく関係のない乗客を警戒したりする者もいるかもしれない。車内の雰囲気がとげとげしくなる」

なるほど、町村の予測は正しかったわけだ。

「それに私服警備員と偽ってよからぬことをする者も出てくる可能性がある。会議でも揉めたんだが、ひとまずそういう結論になった」

「余計なことをお聞きして申し訳ありません」

「いや、きみたちには知る権利がある。気にしなくていい。ついでに言っておくと、この一年の経験があるから少しは給料も上乗せしてくれるそうだ」

三木がそう言って笑顔を見せ、面接は終わった。


事務室で出勤表を確認してから通用口に出て、町村と原口に「査察は単なる噂です。勤務評定も特に重要視されないみたいです」とメールをした。まだ面接の番が回ってきていない可能性もあったし、出勤表ではすでに退勤していたからだ。

だが、奥野はまだ戻っていないらしく、出勤表に名前が残っていた。

どうするか迷うことはなかった。事務室の外で、奥野の帰ってくるのを待つことにした。

自分の話を打ち明けて相談したかったし、奥野が辞める理由も知りたかったのだ。

午後五時近くになって、やっと奥野が戻ってきた。明美に気づかず事務室へ入ろうとするところを呼び止め、相談があるのだと告げると、眼鏡の縁にちょっと手をやってから、わかったと答えた。

点呼を終えて出てきた奥野は、いぶかしそうにするわけでもなく、「エルニーニョ」に行くかと訊いてきた。どこでもいいと答えると、それなら別の店にしようと言って、歩き出した。

連れていかれたのは明治通りを少し原宿方面に行った左手にあるバーだった。

「ここレコードのリクエストできるのよ」

そう言って開いた扉の奥にある店内は広いものではなかったが、落ち着いた感じの店だった。さほど音楽にはくわしくはなかったが、流れているのが古めの洋楽ロックなのはわかった。ジャズやロックが中心なのだろう。

店内の壁一面にはレコードが並んでいる。明美の世代はすでにＣＤになっていたから、これほど大量のレコードを目にしたのは初めてだった。

ボックス席は多くなく、客の大半はカウンターにとりつき、ひとりで来ている者が多かった。

奥野は狭いボックス席に明美をうながし、向き合って座ると、すぐにボトルが運ばれてきた。

「バーボンだけど、これでいいかな」

何度か飲んだことがあったから、それで構わないとこたえた。

「よく来るんですか」

黙っていてもキープしているボトルが出てくるところをみると、常連のようだった。

「秘書をしていたころには毎日のようにね。じつはいまでもエルニーニョで飲み足りなかったときには、来てるの」

恥ずかしそうに口元をゆるめた。

水割りを作ってもらってグラスを合わせる。コルクのような匂いが鼻に抜ける。おいしいと思えないのは、楽しむためにここへ来たわけではないからだろう。

腹に響く音楽を耳にしつつ、どう切り出そうかと迷っていると、奥野が目を伏せがちにして微笑んだ。

「どうして辞めるのか、聞きたいんでしょ」

あらためて相談があるなどといったのだから、奥野が察していないわけがなかった。

「間違いに気づいたって言ってましたけど、間違いってなんですか」

率直に尋ねると、奥野の視線が窓の方に向けられる。どう説明しようか考えているようだった。

レコードが替わり、どこかで聞いた記憶のある音楽が流れだした。静かな調子でバラード調のものだった。

「二度停職になっているのは、知ってるでしょ」

気づくと奥野の視線が戻されていた。

「知ってます」

「それが理由ってことじゃ納得できないかしら」

「最初はそうかと思ったんです。町村さんや原口さんはそれで納得したから、あのとき問いたださなかったんだろうけど。でも、なにか違うような気がして」

目を伏せた奥野はグラスを口に持っていく。それからまたしばし考えるような間があった。だが、決心したように顔を戻した。

「穂村さんだけよ、気づいたのは」

意味を捉えかねて、明美は奥野に目を向けた。

「実家が宮城だって、知ってるわよね」

「はい」

「大学は東京だったの。高校卒業と同時に逃げ出してきたわけ」

「逃げ出したんですか」

親との折り合いが悪かったと三木から聞いてはいたが、逃げ出したとは。

「家族も住んでいる場所も、息苦しかった。親はこまかいことにいちいち口出ししてきて、やりたいことがまるでできなかった。だからずっと反発していたわ。地元の大学を受けるって嘘を言って東京の大学を受験したの。なかば家出よ。仕送りなんかないから奨学金もらって、なんとか卒業したの。帰省もしなかったし」

みずからをあざ笑うように口元をゆがめた。

東京で企業に就職し、もはや家族とは完全に切れたと思っていたが、そのとき起きたのが東日本大震災だったという。実家は津波に襲われた。あわてて連絡を取ろうとしたが、無駄だった。両親とふたりの弟は半月後に遺体で発見された。

「理不尽よね」

それまで淡々と話していた奥野の声が裏返った。グラスをあおり、大きく息をつく。

「それがきっかけで会社を辞めた。精神的に調子を崩しちゃったのね。家族を捨てたという後ろめたさがあったの。もし自分が東京に出ないで地元にいたら、みんな亡くなることもなかったかもしれない、なんて思ったりして。そんなことあるわけないんだけれど、そういう状態が三年くらい続いたわ。でも、このままじゃまずいと思った。貯金も底をついてきてたし」

他言無用ということで三木からざっと聞かされたことと同じだった。ただ、初めて聞いたという態度を取らなくてはなるまい。

いや、そんなことより、奥野も精神的にどん底にいた時期があったことに驚いた。

「それから十年ほどは在宅で医療保険の請求書を処理する仕事をしてたわ」

苦笑まじりに明美に目を向けてきた。

「いま、秘書だったのにって思ったでしょ」

図星だった。

「秘書だったら、ほかの会社に転職もできたんじゃないんですか」

「それが嫌だったのよ。なんていうのか、人と接するのが億劫になったっていうか。自分ひとりで気兼ねなく生きていきたいっていうのかな。精神的に強くなりたいって思って空手を始めたのもそのころね。ところが不思議なもので、ずっとそういう生活を続けていると、やっぱり人と接する仕事が懐かしくなってきたの。そんなとき、この仕事の募集を見つけた。もう一度、人と接する仕事に就いてみようと思った」

「だったらなぜ」

警備員を辞めると決めたのか。

「向いていなかったのね。相手のことも考えずにひどいことする人を見るとかっとするし」

「秘書をやっていたときからなんですか」

奥野はグラスを両手で包みつつ、首を振った。

「まさか。最初は自分でも、どうしてかっとするのかわからなかった。でも、あるとき気づいたのよ。震災で家族を亡くしてからだって」

人を人とも思わないような言動に怒りを覚えるのは明美でも同じだが、家族を亡くしたことが原因でそれまでと変わってしまったらしい。

「警備の仕事をしていると、いろいろな人と接するでしょ。そうすると、嫌でも人の醜い部分が見えてくるのよ」

それは一面では間違っていないが、人のいい面も見られるのではないか。

明美はそう思いつつも、口を挟まずにつぎの言葉を待った。

「一年近く仕事をしてきて、もうひとつわかったことがあるわ。わたしがかっとして手を出してしまった人や、出しかけた人って、自分勝手だったり、空威張り（から）だったり、損得しか考えていなかったり、独りよがりだったり、要するに思いやりのない人ばかりだった。でも」

言葉を切った奥野の両肩あたりがわずかに震えているようだった。

「でも、わたしがかっとしていたのは、わたし自身に対してだったのよ。傲慢（ごうまん）で相手のことを思いやらずにひどいことをしていたのは、なんのことはない、昔の自分自身だったって」

五

これっぽっちも落ち度がないまま、津波で命を失った家族に対する後ろめたさとやり場のない怒り。その結果、ひとりひとりの人間を大切にしなければならないという思いが奥野の心を占めている。

だからこそ人を人とも思わない言動をする者に対して奥野は暴力を振るってしまう。人を大切にしない者には鉄槌（てっつい）を下す。

その一方で、過去の自分を罰してもいたということらしい。

明美はきっぱりとこたえた。

「それに気づいたのであれば、気づきもせずにいる人よりよほど自制ができますよ。自分の姿勢を改めることもできるし」

奥野が問いたげに顔を上げた。

「昔の奥野さんはともかく、いまの奥野さんが思いやりがないとか傲慢だとは、わたしは思いません。町村さんや原口さんだってそんな風に奥野さんを見ていないはずです。人を人とも思わない言動に怒るのは間違いでも悪いことでもありませんよ。たちの悪いのはそういうことに気づかないまま傍若無人に振舞う人たちだと思います」

そこまで一気に口にすると、奥野は素直に納得したらしく、寂しげに笑った。

「奥野さんはこの仕事にふさわしい人だと思います。いつも落ち着いていて、判断も的確にできるし。口より先に手が出るのだって、最近はないわけだし。それにどうしても力ずくで対処しないとならないことが必要な場合だってありますし」

慰めにも説得にもなっていない気がしたが、明美の気持ちはわかってくれたようだった。もう一度考え直してみると言って、その日は別れた。

結局、明美自身の相談をまたもや持ち出し損ねた格好だったが、奥野の事情が自分にだぶり、内心いっぱいいっぱいだったのだ。

奥野が亡くした家族を忘れられずにいるという点では、要一を理不尽に奪われてしまった明美と同様だった。

　生きていくためには「区切り」をつける必要があるはずなのだ。しかし、そうしてしまうと自分が人でなしのように感じられる。自分はそれほど亡くした相手を思っていなかったのではないかという、裏切りに似た罪悪感がある。奥野は、その罪悪感を周囲の者に向けてしまった。

　一歩間違えれば、明美とて同じようになっていたかもしれない。

「区切り」をつけるのは、言うほど簡単ではないのだ。

　要一の母親にしてもそうだろう。要一を忘れることはないが、それにこだわっていれば前に進めない。しかし、進もうとすれば、どこかで「区切り」が必要になる。

　その決心を阻むのが「あのときああしていれば」という後悔なのだ。残された者に、それはのしかかってくる。奥野はそれに押しつぶされかけていたのかもしれない。要一の母親にしても、明美にしても、程度の差はあれ、同じだと思えた。


　その日は中目黒のマンションに帰ると、化粧を落としてすぐに寝てしまった。精神的にひどく疲れていた。

　翌日は遅番で昼前に出ればよかったのだが、携帯の呼び出し音で起こされてしまった。まだ九時を回った時刻だった。

「申し訳ありません。お休みでしたか」

明美のシフトまで中窪が把握しているわけがないから、仕方がない。

「いえ、きょうは遅番なのでそろそろ起きようかと」

「じつは工藤三郎の居場所がわかったもので」

こちらの言葉を遮り、急き込むような調子が伝わってきた。

何を言っているのか、最初は戸惑った。まるで手がかりがない状況で、どうやって見つけたというのだろう。

「駄目もとで本庁と神奈川、千葉、埼玉の県警交通課に検索をかけてもらったんです」

ここ一年で違反キップを切られていないかどうか調べたのだという。本庁である警視庁は簡単だったが、ほかの県警は渋りがちだったそうだ。しかし、なんとか情報を摑んだのだという。

「ただ、違反をしたわけではなく、バイクの運転中に後続車から追突され、全治一週間の怪我をしていました。三か月前のことです。埼玉県警が事故を処理しました」

つまり、工藤三郎は現在埼玉県内に住んでいるらしい。

知らぬ間に、身体に力が入っていた。いままでまったく犯人の手がかりがなかったが、三年近く過ぎて、もしかすると犯人を知っている可能性のある人物が見つかったかもしれないのだ。

そう考えると、工藤三郎という人物と直接顔を合わせて話を聞きたくなった。

「どうされるおつもりですか」

用心深く、明美は尋ねた。

「相手がどう出るかわかりませんが、捜査の一環として事情を聞きにいくつもりです」

「わたしも、同行させていただけませんか」

思い切って口にすると、中窪は一瞬押し黙り、しばし考えている様子だった。そして困惑げな声が返ってきた。

「お気持ちはわかりますが、捜査の進捗状況を報告するだけのつもりでした。工藤が防犯カメラに映った犯人でないことははっきりしていますし、ここは」

渋る中窪の言葉にかぶせた。

「でも、犯人につながる手がかりを聞き出せるかもしれないということですよね」

「それはそうですが」

「当時、わたしもどこかで工藤に会っていたかもしれません。的場さんがわたしのことを説明していたなら、思い出して協力してくれる可能性もあります。警察のかたが突然行ったら、かえって警戒されることもあります」

また考える間があった。中窪の言葉を待たずに、明美は口を開いた。

「一般人であるわたしを同行させるわけに行かないのはわかっています。ただ考えてみてください。もし工藤に警戒心を抱かせて、また行方がわからなくなってしまったら、いままでの苦労が水の泡になってしまうかもしれません」

低くうなる気配が伝わってきた。

「どうしてもですか」

「お願いします」

諦めたらしく、中窪はこたえた。

「わかりました。ちょっとお待ちください」

しばし通話口から離れた。五分ほど経ってふたたび声が届いた。

「課長に許可をいただきました。ただし、これは特例です。被害者の関係者に立ち会ってもらう必要があるという形にしてもらいました」

「ありがとうございます」

「ただし、不測の事態が起きることもあり得ます。くれぐれも注意するようお願いします」

「その点は、お約束します」

胸を撫でおろしつつ、明美はこたえた。

工藤三郎の現住所は川口市だという。最寄りの駅はＪＲの西川口駅。歩いて十五分ほどのアパートに住んでいるらしい。

小さな中華料理店で下働きをしているようだ。一時は振り込め詐欺に加担していたが、いまはまともに働いているのだろう。

中窪から電話をもらったその日は遅番だったが、すぐさま渋谷の事務所に休みをもらいたいと連絡を入れ、仕事には行かなかった。行ったとしても仕事にはならないと判断したからだ。

昼間のうちに工藤の働いている店に行ってもよかったが、そうなると店側が変に誤解して工藤に迷惑がかかるかもしれないというので、夕方まで待ち、時間を見計らってアパートに帰宅してから訪問することに決まった。

午後六時に渋谷駅で落ちあい、埼京線で赤羽に行き、そこで京浜東北線に乗り換えた。会ってからずっと、中窪と明美は必要以上の言葉を交わさなかった。闇につつまれた街が光に満ち、車窓を流れていく。

西川口駅に降り立ったのは、七時過ぎで、かなり冷え込んできていた。

西口の改札を出たところで、中窪が立ち止まった。

「夕飯、どうしますか」

明美は黙って首を振った。食欲がなかった。いや、食事などしている気持ちの余裕はなかったのだ。

中窪はわかったというようにうなずき、ふたたび歩き出した。

しばらく大通りを進み、やがて脇道にそれると、住宅街に入った。帰宅する者の姿がまだちらほらとあるが、思ったよりもひっそりしていて、九時を過ぎたら人通りも絶えるのではないかと思われた。

中窪がメモした住所を手に、何度か道に迷いつつたどり着いたのは、かなり古びた二階建ての木造アパートだった。周囲に塀もない。

「二階の三号室です」

その言葉を耳にしつつ目で追っていくと、すでに帰宅しているようで、窓ごしに明かりがついているのが見えた。

その窓を見上げながら、明美は呼吸を整えた。

「いいですか」

顔を覗き込んできた中窪が尋ねた。明美はうなずき、一歩踏み出した。

外階段をあがり、ドアの前に立つ。中の様子をうかがおうとしたとき、けたたましい破裂音が響いた。タイヤがパンクした音かと思ったが、ふいに明美は中窪に突き飛ばされた。

わけが分からず、中腰に身構えている中窪に目をやると、その表情は引きつっている。

「銃声です」

映画などで聞く音とはかなり違っていたから、明美はまさかと思った。いったいなにが起きたのか。

中腰のまま中窪がドアのノブを回したが、開かない。

「工藤さん、警察です」

言い終える前に、中窪は身体を起こしてドアを蹴りあげた。何度か蹴って、やっとドアが開いた。

土足のまま部屋に飛び込んでいく中窪につづき、明美も身をかがめながら走り込んだ。

部屋には誰もいない。ただ、窓が開け放たれて冷気が入り込んできていた。そこから飛び降りて逃げ出したのは明らかだ。

「待ちなさい」

駆け寄った中窪が窓から怒鳴った。明美も横合いから覗くと、街灯に照らされた後ろ姿が走っていくのが見えた。

その走り去る後ろ姿に、明美は見覚えがあった。

要一を殴って逃げていった男。それに間違いなかった。

では、工藤三郎と偽(いつわ)ってここに住んでいたのは、その男だったのだろうか。

いや、そんなはずはない。

厳しい表情の中窪も同様に考えたのか、明美に目を向けてきて、首を振った。

そのとき、玄関と部屋の途中にあったトイレから呻(うめ)きが聞こえ、開いたドアから人影が転がり出た。

駆け寄った中窪が横たわった男を抱える。腹を両手で押さえ、そこから血が流れ出ていた。苦悶(くもん)に歪(ゆが)んだ表情だったが、工藤三郎に間違いなかった。

「しっかりしてください」

声を高めたあと、明美に視線を向けた。

「救急車を」

言われて明美は携帯で一一九番に連絡した。すぐ来るという返事を確認して通話を切ると、明美も工藤の顔の前にかがんだ。

「いま救急車がきます」

耳に届くように叫ぶと、閉じていた目が開かれた。

「やつら、ごうとうをやろうと、してる」

それだけ口にすると、がくりと首を落としてしまった。

「工藤さん、しっかり」

中窪が声をかける。だが、意識が混濁（こんだく）してしまっていた。

「聞きましたか」

明美は息をつめて中窪に尋ねた。たったいま工藤が口にした言葉が聞き間違いではないかと思ったのだ。

中窪はうめいた。

「たしか、やつら強盗をやろうとしてる、と」

それはつまり、どこかで事件が起きる可能性があるということだ。それはいつのことで、何者が引き起こすというのか。

要一の件のためだけでなく、工藤をこのまま死なせるわけにはいかなかった。

サイレンが近づいてくる音を耳にしつつ、明美はそう思った。

第六話　あなたは誰ですか

一

一瞬しか目にしなかった。だが、あの男に間違いない。

明美はそう確信していた。

的場要一を殴り殺した犯人の手がかりを得ようと、五反田署の中窪由紀子刑事とともに、要一と同郷の知り合いだったと思われる工藤三郎を訪れた夜、その工藤を拳銃で撃って逃走した男のことだ。

工藤を撃った男と要一を殴った男は同一人物。

すでに明美の中ではそういう確信が根を張っていた。

撃たれた工藤は危険な状態だった。出血がおびただしく、すぐに病院に搬送されていった。

現場に残った明美と中窪は、到着した埼玉県警から事情を聞かれた。

継続捜査のため、工藤に話を聞こうと訪問したとき、事件に遭遇(そうぐう)した。一般人の明美がそれに同行していたことは、中窪の説明で納得してくれたようだ。

ただ、身元の確認はしっかりされた。明美は地下鉄の私服警備員をしている者だと告げ、身分証も提示した。そして、三年前に殺された的場要一とは恋人同士だったこと、いままで犯人を個人的に探し続けていたことについても正直に話した。

しかし、それ以上に重大な問題があった。

工藤三郎を撃った男が、どこかで強盗を働く可能性がある。

——やつら、ごうとうをやろうと、してる。

工藤ははっきりとそう口にした。

その話を持ち出すと、聞き取りをしていた年配の刑事は表情をあらためた。

「それは、たしかですか」

声がきびしくなった。

「間違いありません。中窪さんも聞きましたし」

ちらりと刑事の視線が隣にいた中窪に向いた。

「確実です。近いうちに実行するのではないでしょうか」

「なるほど」

刑事は考えをまとめるつもりか、開いた手帳をペンで何度か叩いた。

「工藤は、計画に加わるように持ちかけられた。だが、それを断った。で、口封じのために殺しに来た。そういう推測は成り立つか」

つぶやいたつもりだろうが、明美にははっきり聞き取れた。

「それなんですが」

「まだなにか」

明美の声に、刑事は顔を向けた。

「撃って逃げた犯人が、もしかすると的場要一さんを殴って殺した人物と同じなのではないかと」

隣の中窪が驚いたのがわかった。

「それ、たしかですか」

「わたし、何度も防犯カメラを見ています。あの後ろ姿は、同じでした」

中窪の問いに、きっぱり答えた。だが、刑事は首をかしげた。一瞬目にしただけの証言は、信憑性があまりないと言いたげだった。

「ほかに工藤はなにか言っていませんでしたか」

「それだけです。そのまま意識を失ってしまって」

そこまで聞いた刑事は近くにいた若手の刑事を呼んでなにごとかをささやいた。若手はすぐさまパトカーの方に走っていった。

そのころにはすでに規制線が張られ、その向こうに野次馬が群がっていた。寒そうにしながらも、なにが起きたのかと興味津々な顔が赤色灯に照らされて浮かんでいる。

若手が無線で連絡しているのを見やりながら、刑事は明美たちに告げた。

「強盗をやろうとしているとなると、被害者の工藤の扱いが問題になります。マスコミ対策を考えないとなりません。上に判断を仰ぐことになります」

「どういうことですか」

「工藤が一命をとりとめて意識が戻ったら、犯人は強盗を実行しないでしょう。それどころか、工藤の口から誰が計画しているのか知られてしまいます。いまごろ逃げ出しているかもしれません」

言われてみれば、その通りだった。つまり、もし死亡したとしても、警察が犯行計画の情報を入手したと思われてしまう可能性があるということか。

「あとはこちらに任せていただきます。ひとまずお引き取りいただいて結構です。またなにかありましたら所轄(しょかつ)まで来ていただくことになるかと思います」

刑事はそう言って手帳を閉じた。

「どちらの病院に運ばれたんでしょうか」

中窪が事務的な口調で尋ねると、刑事は川口(かわぐち)駅近くの総合病院の名を口にした。

「しかし、継続捜査の方は少し待ってほしい。あなたたちの話によれば、被害者はどこかで強盗が発生すると口にした。そちらを未然に防ぐのが第一だ。それと三年前の振り込め詐欺の仲間についての情報を出してもらいたい」

同じ警察ということもあるのか、刑事の口調は明美と中窪に対するのでは違っていた。

結局、一時間ほど足止めをくらって、解放されたときには午後九時近くになってしまっていた。

現場を離れ、駅へ向かって歩き出すと、すぐに中窪は訊いてきた。

「逃げた男のこと、本当ですか」

本当に要一を殴った犯人なのかと尋ねているのだ。

「証拠はあるのかと言われたら、そんなものはありません。ただ、この一年地下鉄で警備をしていたから、人を見分ける力はあると思っています」

なるほどといった色が中窪の顔に浮かんだ。

しかし、工藤が意識を取り戻し、犯行計画を口にする恐れがあるにもかかわらず、犯人たちが強盗を実行に移すとは考えにくかった。銃を撃った犯人は、工藤の生死をたしかめる余裕もなく逃げ出している。となれば、このまま姿をくらましてしまうかもしれない。

要一を殺した犯人に逃げられてしまうのは、どうしても納得できなかった。

「埼玉県警は工藤から話を聞けるのでしょうか」

不安とともに明美が尋ねると、中窪は視線を外した。

「それはわかりません。いつどこを狙うのかを聞き出せれば、警戒態勢を強めることはできます。でも、それが把握できないとなると、対処のしようがないと思います」

たしかにそうだろう。埼玉県で起きるとは限らないし、どこを警戒すればいいのか、まるでお手上げだ。それに、工藤の口から日時と場所が把握されたと思われれば、変更して実行に移す可能性もあった。

事件が起きるか、起きないか。

確かなことは、それによって要一を殺した犯人にたどり着けるかどうかが左右されるということだった。

二

寝つけないまま翌朝起きると、三木から電話が入った。

非番だったが、話があるので来るようにと言われた。話の内容は告げずに、それだけ言って電話は切れた。

だが、予想はついた。

埼玉県警から身元の確認があったに違いない。となると、要一の犯人探しに同行したという事実も聞いたはずだ。

一歩どころか大きく前進したことを、明美も報告したかった。

あわてて身なりを整え、渋谷の詰所に向かう。

だが、三木は苦々しい顔で明美を出迎えた。

「恋人が殺されたという事情は承知しているが、なぜ聞き込みに同行したんだ」

応接室に通されて向き合って座ると、厳しい口調で尋ねられた。

「ご迷惑になるのは承知でしたが、担当のかたが上司に許可をもらってくれたもので」

「そういうことじゃない。なぜ犯人探しを自分の手でするのかと訊いている」

自分の気持ちにふんぎりをつけるため。

そう口にしかけたが、明美は返事をしないままうつむいた。思っていたよりも、怒りを買っているらしいことがわかったせいでもある。かつて警視庁の防犯課に勤務していた三木だからこそ、明美たちの仕事と警察の仕事の違いを承知している。

「もし、犯人探しのためにこの仕事に就いたというなら、そもそも警備員をする資格はない」

いらついた口調で言い放った。それから言い過ぎたと思ったのか、ため息をひとつついて、つづけた。

「間違ったことをしていないと思っていたとしても、取り返しのつかない結果を招くことがある。いまさらだが、きみのお父さんとは友人だった。むろん、そういうことで部下として特別扱いをしているつもりはない。しかし、今回はかえってお父さんと友人だったからこそ、注意しておくべきだと思う。わかるだろう」

そこで言葉を切り、叱りつけるような目を明美に向けてきた三木が、はっとした気配を見せた。

「そうか、聞いていないのか」

重苦しそうにつぶやき、三木は口を引き締めてうつむいた。だがすぐに顔を上げた。

「とにかく、自分で犯人を探そうなどと考えるのはやめることだ」

それ以上、三木はひとことも言わず、顔をそむけてしまった。

あやまらなければならない理由がわからなかった。たしかに一日欠勤はしたが、誰にも迷惑はかけていない。

「失礼します」

謝罪しないまま、明美は立ち上がって応接室を出た。

自分の行動のなにが三木の逆鱗(げきりん)に触れたのかわからなかったし、怒られる筋合いはないと思えた。

それまで自分のことを理解してくれていると信じていたのに、それが一気に崩れ去った。いや、かえって反感すら抱いた。

たしかに最初は、要一を殴って逃走した男を探し出すのに、地下鉄の私服警備員は適していると思った。しかし、それは最初のころだけだ。じっさいに仕事をし、奥野(おくの)たち同僚と接するうち、要一のことと仕事は切り離すようになっていった。もちろん、頭の片隅から要一が離れたことはないが、今回の件は仕事とは別の話だ。

反感を抱いているのは、そのせいだった。

資格がないとまで言われたが、それは三木の個人的な考えに過ぎない。仕事と個人的なことを混同しているのは、三木ではないか。

信頼を取り戻すために擦り寄っていくつもりはなかった。そういった態度を明美は好まないし、三木もそうだろう。

仕事を通して信頼を取り戻し、自分の考えが間違っていないことを示してみせる。亡くなった者の無念を晴らすことの、どこがいけないというのか。

いらだちを抑えつつ渋谷の街に出たところで、中窪に電話をした。事件を解決することこそが、唯一の道だと思ったからだ。

「いまご連絡しようと思っていたところです」

名乗る前に、中窪の興奮した声が届いた。

工藤三郎が意識を取り戻したという。出血は多かったが、急所は外れていたらしい。ただちに埼玉県警が事情聴取し、犯行計画がじっさいにあることを確認した。

「そちらの方は県警にお任せするしかありませんが、五反田署長が交渉してくれて三年前の一件について三十分だけ話を聞く許可をいただきました。昨日のような危険なことはないと思います。行かれますか」

明美は当然同行すると答え、昨夜と同じ渋谷のハチ公前改札で待ち合わせることにした。

三

三木に叱責(しっせき)されたことはいったん頭の片隅に追いやり、明美は駅前に向かった。

工藤三郎の搬送された川口市の総合病院は、川口駅から五分ほどのところにあった。

中窪が受付で名乗ると、しばらく待たされ、制服警官がやってきた。

「所轄の刑事課長がいらっしゃいます。それまでお待ちください」

当然といった口振りだったが、やはり縄張り意識があるのだろうか。ここは従わざるを得なかった。

二十分ほど待つと、オーバーコートを着込んだ五十前後の男が受付ロビーに現れた。それが川口署の刑事課長だった。縄張り意識どころか協力的な態度で、明美と中窪を病室に案内してくれた。ただ、強盗計画の聴取内容については一切口にしなかった。

病室は個室で、部屋の前にはさきほどの警官ともうひとりが警備をしていた。刑事課長を目にしたふたりは直立して敬礼をし、刑事課長は軽く応じた。

「医師からは長時間の聴取は禁止されていますので、お願いします」

そう釘を刺してから、部屋のドアを開いた。

個室といってもさほど広くはなく、入ってすぐのところに横向きにベッドが置かれていた。腹部のあたりにアーチ状の防護らしきものがあるだけで、工藤三郎は酸素マスクもしていなかった。

課長が工藤の前に立つと、怯(おび)えたような視線を上げ、それから明美と中窪に顔を向けた。多少血の気が引いているが、年齢の割に幼い印象のある顔だった。

「別件で話を聞きたいという警視庁、五反田署のかたが来ている」

それだけ言って、課長は後方に下がった。

中窪が身分証を提示して名乗り、明美を紹介した。

一瞬、工藤の顔に驚きの色が浮かんだ。明美の顔を知っていたわけではなさそうだが、要一から話は聞かされていたのかもしれない。

「わたしは的場要一さんが亡くなった件を継続捜査しています。その関連で、工藤さんにいくつかお聴きしたいことがあります」

枕元にある椅子にふたりで腰を下ろすと、工藤は弱々しくうなずいた。

中窪は持ってきたファイルを手に質問を始めた。

最初は人定尋問に類する事項だったが、やがて核心に進んでいった。

的場要一とは同じ高校の出身だが、東京でも付き合いはあったのか。

「ありました。おれはグズってずっと言われてて、あんまり友達もいなくて。でも、要ちゃんだけは高校のとき仲良くしてくれたんです」

つっかえつっかえだったが、工藤ははっきりした声で答えた。「要ちゃん」という呼び方が、同級生というより要一を信じて頼りきっている弟分といった様子に映った。

そう、人望はある方だった。

そんなことを明美は思いつつ、やりとりを聞いていった。

要一が東京の大学に進学したあと、工藤はしばらく地元で飲食店の店員などを転々としていた。だが、なかなかうまくいかず、唯一の「友達」だった要一のいる東京に自分も行こうと決心する。

上京してすぐ、要一に職の世話をしてもらい、最初は新宿でネットカフェの仕事をしたようだ。だが、長続きせず、転々と仕事をかわり、二度窃盗で捕まりもした。その都度要一に心配をかけていたらしい。

そういうことを明美は聞かされていなかった。明美が変に気を回すかもしれないと思っていたのだろう。

ときどき工藤は要一と会っていたらしいが、相談や頼みごとをするのは工藤ばかりで、高校時代はともかく、社会人になっても頼り切ってしまっている自分に心苦しい思いを抱いていたようだ。

そこで自分一人でやっていこうと決め、工藤なりに仕事を探したという。

そんなとき、「簡単なバイト」という携帯のサイトに引っかかり、振り込め詐欺の受け子になってしまった。

仕事は簡単だった。受け取った金をいったんロッカーに入れ、その鍵を上の者に渡す。報酬はそのあとでもらっていたという。同じ場所ではまずいから、あちこちのロッカーに入れていたと工藤は答えた。茅場町（かやばちょう）駅のロッカーもそのひとつだった。

――所持品の中にあったロッカーの鍵。

あれは要一本人が使ったのではなく、工藤が使ったものだったのだ。

最初のうち要一には黙っていたが、報酬は安いし、悪いことをしているという罪悪感もあり、このままではいけないと思い、結局また要一に相談することになってしまった。

それが事件の起きる直前だった。一千万を都内に住む老婆から受け取り、いつものようにロッカーに入れるよう指示された。

相談した時点で金を受け取ってしまっていたらしいが、要一は金をロッカーには入れるなと命じた。金は工藤本人から老婆に返せと言われたそうだ。さらに、ロッカーを空のまま鍵をかけ、その鍵を要一に預けるように告げたという。

「要ちゃんは、おれの代わりに鍵の受け渡し場所へ行ったんだ。リーダーに会って、おれが足を洗いたいって言ってるから、辞めさせてくれって代わりに頼んでやるって」

顔をそむけ、泣き声になった工藤の声は震えていた。

「なぜ、わざわざロッカーに鍵をかけたんですか」

冷静な中窪の問いに、工藤は涙を拭(ぬぐ)った。

「時間稼ぎするって言ってました。金を返したあと、おれが逃げ出す時間を稼ぐんだって。同じとこにいたら、やつらになにされるかわからないから逃げろって言われて。それであの日、おれは鍵を要ちゃんに渡して、そのまま」

住んでいたアパートから逃げ出したという。

「要ちゃんがあんなことになったのを、あとで知って。おれが悪かったんです」

結果的に、仲間に居場所を突き止められ、返さずにもたもたしていた一千万を取り上げられ、リンチを受けた。そのときに、リーダーが要一を殴りつけ、死んだことを教えられたようだ。

「おまえのせいだからなって言われて。おれが要ちゃんに相談なんかしたから、殺人犯になっちまった。おまえも共犯だって」

逃げ出せないまま脅(おど)され、受け子を続けているうちに逮捕されてしまったが、リーダーはまんまと逃げおおせた。ただ、工藤が殺人の件を口にしてしまうかもしれないと犯人は恐れていたに違いない。そういう場合のために、工藤も共犯だと脅しつけていたのだろう。

「そのリーダーの名前を教えてください」

その問いだけに、工藤は首を振った。

「知らないんです。みんなフランケンって名前で呼んでました」

「フランケンシュタインがつくった怪物のことですか」

「そう」

たしかに、防犯カメラの映像で見た男はそういう綽名(あだな)がつけられてもおかしくない体格だが、顔までそうなのだろうか。

そんなことを思っていると、中窪がちらりと明美に視線を走らせた。

「そのフランケンは、昨日あなたを撃った男と同じ人物ですか」

悔しそうに、工藤はうなずいた。やはり同一人物だったようだ。

「なぜ、フランケンはあなたを殺そうとしたのですか」

「おれ、ムショを出てから、逃げたんだ。ぼやぼやしてたら、また捕まって受け子やらされるんじゃないかって。要ちゃんのためにも、きちんとしないといけないって。でも、こないだ働いてる店に来た客が、昔の仲間のひとりだったんだ」

それで居場所がバレてしまった。

「また仕事するから手伝えって。今度は手っ取り早く強盗するって言われて。もう一度逃げたらぶっ殺すって」

しかし、二度と犯罪に手を染めたくはなかった。要一を巻き込んで死なせてしまったことに罪悪感があったのは当然だろう。表向き従うふりをして逃げ出そうとしていたが、それがリーダーに知られた。

そこで計画を知っている工藤を始末するために乗り込んできたリーダーが銃を撃った。もし明美たちがあのとき行かなければ、とどめを刺されていたかもしれない。

「どういう計画なの」

少し離れて立っている刑事課長の方を気にしながら、中窪が尋ねた。課長は聞こえないふりをしている。

「強盗するって聞いただけで、いつどこでやるのかまでは」

そこで言葉を切った。知らされていないと言いたいのだろう。

本当のことを言っているようだ。つまり、埼玉県警もそれ以上の情報を取れなかったのだ。だから刑事課長も中窪の質問を聞き流したのだろう。

「で、そのリーダーのフランケンは、本当にリーダーなの」

「え」

今度の問いは意外だったらしく、工藤は一瞬意味がわからないといった表情になった。

「計画をほとんど知らないあなたを、リーダーがわざわざやってきて始末しようとするかしらね」

ネットでメンバーを募っている犯罪グループの場合、本当のまとめ役は姿を現さず、集めたメンバーに仕事を指示して実行させるだけのことが多い。わざわざみずからの手を汚しはしないだろうと中窪は考えているのだ。

たしかにそうだろうと、明美も思う。さらに、工藤は末端の使い捨て要員のはずだ。だったら見つけ出して殺す必要などない。

「フランケンがグループのリーダーなのはたしかだけど、同じようなグループをまとめてる人がフランケンの上にいるって言ってました。いつもその上の人から命令が来てて。でもフランケンがおれを始末しに来たのは、上の命令じゃなくて、たぶん、三年前のことをバラされたくなかったからってことだと思います」

戸惑いつつも、工藤は答えた。

「わかりました。ありがとうございました」

そう言ってから、中窪が顔を明美に向けた。なにかほかに聞きたいことはあるかというつもりらしく、首をかすかにかしげて見せた。

明美はどうしようかと迷ったが、いま聞かなければのちのち後悔すると思い、息を大きくついてから尋ねた。

「的場さんが殴られて殺されるまでのことは、聞いていませんか」

工藤の目が明美に向けられた。

「あの時の鍵の受け渡しは麻布十番駅でした。フランケンは要ちゃんに、おれが辞めたいって言ってる、金はロッカーにある、それで最後にしてくれって言われたそうです。フランケンはそんなの罠に決まってるって言ってました。取りに行ったらサツが待ち構えてるって思ったらしくて。で、かっとなって要ちゃんを殴りつけたって」

だが、要一は怯まず、何度も頼んできたそうだ。フランケンは殴り続けても取り縋ってくる要一を、気味悪く思ったらしい。倒れ込んだのを機にその場から立ち去ったようだ。

ふいに思い出したことがあるのか、工藤の顔が明美をまっすぐに見てきた。

「あの、もうひとつあやまらないと。要ちゃんが明美さんて人と付き合ってるのは聞いてたんですけど」

「なんでしょうか」

「指輪のこと」

消え入りそうな声で答えた。

遺品の中に、そんなものはなかった。

「あの日、渡すんだって小さな箱を見せてくれて。この先、一緒に生きていく相手を見つけたって。だからおれにもしっかり仕事に就いて世話をやかせるなって」

しかし、工藤をリンチにかけようとやってきたフランケンがそれを持っていたという。揉み合っているうちに落とし、奪われたのだろう。

「それ、どうなりましたか」

はやる思いを抑えて尋ねた明美に、工藤は首を振った。

「わからないけど、たぶん質屋に持ってったんだと思います。ごめんなさい」

クリスマスプレゼントが遺品の中になかったのは、そういうことだったのか。

そう思うと同時に、悔しさがこみ上げた。いや、そんな生易(なまやさ)しい話ではなかった。要一の命を奪ったばかりか、明美の将来も奪われたのだ。

奥歯を噛みしめ、明美は叫び出したいのを必死でこらえていた。

四

それから十日ほどは何事もなく過ぎた。

このままフランケンはどこかに姿をくらましてしまうのかと思うと、仕事にも力が入らなかった。

工藤への聞き取りで、要一を殴り殺した犯人は、ほぼ特定された。

にもかかわらず、名前すらわからないままなのがもどかしかった。

中窪は前科者リストから該当しそうな者を探し、工藤に改めて見てもらうことを約束させたが、それもはかばかしくないようだった。

まだ都内にいるなら、なんとかして自分で見つけ出せないか。

その思いが、勤務中も強かった。

おのずと「エルニーニョ」へも顔を出さず、非番のときも地下鉄ばかりか街を歩き回っていた。

三木には犯人探しをするなと言われたが、このままでは引き下がれなかった。むろん、点呼（てんこ）のときの担当が三木に当たることもあったが、表向き神妙な態度を装っていた。

東京にフランケンに似た背格好の者が何人いるのかわからないが、探し回って見つけ出せるとは思えない。

それは明美自身がよくわかっていた。ただ、それでも探し回らずにいられなかったのだ。パトカーのサイレンを耳にすると、もしかすると、と思ってサイレンの聞こえる方向に足が向く。似たような姿を目にすれば、疑念とともにその姿を睨（にら）みつけた。

早く強盗事件を起こしてくれ。

そんなとんでもない思いにもなった。

事件を起こしてくれれば、警察が動く。そうすれば犯人は追い詰められる。

そういう理屈だったが、その思いが浮かんだのと同時に、このことかと理解した。

――もし、犯人探しのためにこの仕事に就いたというなら、そもそも警備員をする資格はない。

三木のその言葉が、正しいのだと実感した。

本業がおろそかになるだけならまだしも、街で見かける者を疑心暗鬼の目でしか見られなくなる。それは仕事にも差支えがあるし、それ以上に明美の精神を悪い方向に引き寄せた。

人を人とも思わない言動をする者に対して、奥野が暴力を振るってしまったのは、これに似た精神状態だったからかもしれなかった。

街に出て探し回るのは、もうやめようと決めた。無駄足なのは目に見えているし、いまのままでは自分が駄目になってしまう。


そう決心した日、徒労とともに帰宅すると、すぐに携帯が鳴った。母からだった。

「年末年始はどうなの」

呑気な声が届いた。

「まだわからない」

「去年は研修だって言って帰ってこなかったんだから、今年くらいは休みもらいなさいよ」

「考えとく」

「三木さんに頼めばなんとかしてくれるでしょ」

「まあね」

答えると同時に、ふと、あのとき三木が「そうか、聞いていないのか」とつぶやいたのを思い出した。

「ねえ、なぜ父さんと三木さんはしばらく関係を絶っていたの」

「なによ、急に」

ことの顚末（てんまつ）を明美はざっと説明した。

「わたしが無謀（むぼう）なことをしているって怒られたのよ。そのとき、聞いていないのかって、つぶやいたの。父さんとのことじゃないかと思うんだけれど」

しばらく電話の向こうで考えるような間（ま）があった。

「一度だけ、聞いたことがある。結婚する前にね」

どうしようか迷う調子だった。

「なにを聞いたのよ」

押し黙ってしまった。

「ねえ」

大きく息をついた気配が伝わった。

「言うつもりはなかったけれど、いい機会かもしれない。三木さんと父さんは大学時代に、人を死なせてしまったのよ」

あまりにもあっさりと言われ、耳を疑った。記憶の中の父に、あまりにふさわしくない話だった。だが、問いただした以上聞かなくてはならないと、明美は心に決めた。

父から一度だけ聞いた話だからあいまいなところもあると前置きして、母は言葉を選びながら話し始めた。

「ふたりは大学のとき山岳部だったそうよ」

初めて知った。三木も父もがっしりした体格なのは、山登りで鍛えたせいだったようだ。

毎日五十キロのリュックを背負ってトレーニングを欠かさず、月に一度は日本中の山に登っていたそうだ。ほかの部員たちと一緒に登山することもあったし、ふたりだけで行くこともあったらしい。

三年生の秋、谷川岳(たにがわだけ)に行ったときも、ふたりで行こうということになった。それまで部員たちと何度も登ったことがあり、さほど不安はなかったと父は言っていたという。

「土合(どあい)っていう駅があるの」

群馬と新潟の県境にある駅で、谷川岳に向かうときに利用する上越(じょうえつ)線の駅だそうだ。

「もぐら駅と言われていて、上り線は地上にあるんだけど、下り線が駅舎からかなり離れた地下トンネルの中にあってね。地上に出るまでに五百段近くも階段を上がらないとならないんだって。行ったことはないけど、お父さんはそのころから鉄道が好きだったから、造りの珍しい土合駅に行くたび、あちこち見て回っていたそうよ。だから地下鉄の運転士になったのかもね」

苦笑を漏らしたが、すぐ本題に戻った。

「谷川岳に登るときは、前の晩に土合駅で仮眠をとって、早朝に出発するそうなの。その日は一(いち)ノ倉沢(くらさわ)が目的地だったみたい。岩登りね」

標高はさほどないにもかかわらず、一ノ倉沢の岩登りは死者が多いので有名だという。ギネスブックに載っているくらいだそうだ。

その日は台風が本州に接近していたが、快晴で天気の崩れはまだないだろうと踏んで、ふたりは谷川岳に向かった。

ところが、降雨帯が伸び、登山を開始してすぐに気温が下がり雨もぱらつきだした。ほかのパーティも引き返し始め、岩登りを始める直前になって三木たちも断念しかかった。

そのとき、下山してきた者が数人いて、上に途中で動けなくなっている登山者がいるから、いまから救助隊に知らせに行くのだと言っているのを耳にした。

「お父さんと三木さんは、そのとき言葉は交わさなかった。ただ、互いに相手の目を見て、うなずいたそうよ」

それは自分たちが助けに行こうという合意のうなずきだった。

まだ登山の前で体力は十分ある。リュックをこの場に下ろしていけば、天候が崩れる前に救助して戻ってこられる。

「父さんは、傲慢(ごうまん)だったって言ってた」

母はため息をついた。

「近くにいた登山者に引き留められたらしいけれど、自分たちは救急処置の訓練も受けているると言って、そのまま山に向かったのよ」

救助に必要になりそうな備品だけを持ち登っていくと、中腹あたりに赤いヤッケが見えた。そこまではあっさりとたどり着いたそうだ。

四十代の女性で、滑落（かつらく）したらしく、右足を骨折していた。意識もなく、低体温症にもなりかけていた。そこで、持ってきたロープで遭難者と自分たちをつなぎ、両側から抱えつつ下山を開始した。

だが、考えていたよりも早く天候は急変し、三木たちも雨と気温の低下で急激に体力を奪われていた。

「このままでは自分たちも遭難してしまう。そのときになって、無謀なことをしてしまったと思ったって」

だが、その思いがかえって失敗を挽回（ばんかい）しないとならないという焦りにつながった。

しばらくは順調に下山していたが、突風が吹きつけたとき、抱えていた遭難者が足を踏み外した。しっかりロープで括（くく）り付けていたはずなのに、遭難者だけが岩場を転落していった。

なにが起きたのか、しばし呆然（ぼうぜん）としてふたりで顔を見合わせていた。取り返しのつかないことをしてしまった。善意から出たこととはいえ、人をひとり死なせてしまった。

どうしていいかわからないまま、ふたりはその場にへたり込んでいたという。そこへ救助隊がやってきて助けられた。

警察でも事情を聞かれたが、救助しようとしていたことに間違いはないからと不問に付された。

「上野駅で無言のまま別れて、そのあと父さんと三木さんは顔を合わせなかった。大学でも避けていたようね。もちろん、ふたりとも山岳部は辞めた」

そんなことがあったとは、思いもよらなかった。

圧倒された明美は知らぬ間に低くうめいていた。

「地下鉄でサリンが撒かれたとき再会したって話したでしょ」

「それは聞いたわ」

「初めて三木さんがうちに来たとき、ああこの人かって思ったけど、口には出さなかった。ときどきふたりで会って話していたみたいだけど、わたしはなにも訊かなかった。ただね」

これだけははっきり伝えようとするのか、一瞬の間を置いた。

「ふたりとも互いにあのときのことを片時も忘れたことはなかったはずよ。二十歳そこそこで、一生背負わなければならない重荷を抱え込んだんだもの」

銃の発砲があったとき、もし犯人が明美と中窪に立ち向かって来ていたとしたら、中窪は明美を守るために身を挺して銃撃されたかもしれない。命を落としていた可能性もある。

――間違ったことをしていないと思っていたとしても、取り返しのつかない結果を招くことがある。

三木の言葉がよみがえってきた。

そこに思い至り、明美は背筋が冷たくなった。いかに正しい意図を持っていたとしても、それが人を死に追いやってしまう可能性はあるのだ。

母は語り終えると、笑って短く付け加えた。

「結婚する前、おれはそういう人間だが、いいかって訊かれたのよ。かえってこの人は信用できるって、思ったわ」

五

「申し訳ありませんでした」

次の日出勤したとき、明美は点呼を終えたあと、三木に頭を下げた。

不思議そうな顔を向けた三木に、母から話を聞いたと告げると、すっと視線をそらした。それだけで意味が通じた。

「そうか。聞いたか」

「はい、聞きました」

「そうか」

うつむきがちになり、嚙みしめるように繰り返した。

「これからは注意します。ただ、犯人を見つけるのは、どうしてもこの手でやりたいんです。そうしないと前に進めない気がしているんです」

しばし考え込んでいた三木は、大きく息を吐きつつ顔を上げた。

「気持ちはわかる。ただ、無茶はいかん。そういうことだ」

明美は大きくうなずいて、事務室を出た。

過去の事情を聞いたために、かえって明美の方が三木と面と向かっているのが辛かった。しかし、あやまったことでつかえていたものが取れたのもたしかだった。

通路を歩いて銀座線へ向かいかけると、名前を呼ぶ声が背後から追いかけてきた。

振り返ると原口由紀が駆け寄ってくるのが見えた。

「最近、どうしたのかと思ってさ。ぜんぜんエルニーニョに来ないし」

たまたま出くわした振りをしているが、待ち構えていたらしい。覗き込むように明美を見てくる。

「悩みがあるなら、聞くよ。まあ、そんな柄じゃないけどさ」

あとの方は照れ笑いにまぎらせた。

「すみません。いろいろ考えるところがあって。でも、今夜は行きますから」

立ち話で済むようなものではないから、それだけ答えた。

今こうして原口が心配してくれているのを知り、やはりあの三人には話したいという思いがにわかに起きていた。

「今夜、ゆっくりお話しします」

そう付け加えた。

「まあ、それならいいけど」

「ご心配かけてすみません」

「ま、気にしなくていいからさ」

はにかみ笑いとともに、原口は半蔵門(はんぞうもん)線の方に歩いて行ってしまった。

気にかけてくれている者がいるということが、そのときほど嬉しかったことはなかった。工藤の要一に対する思いも、似たようなものだったに違いない。

事情を聞きに行ったときからずっと、要一を事件に巻き込んだのが工藤であるにもかかわらず、どうしても憎めないでいた理由がわかった気がした。工藤にとって自分を気にかけてくれる者が要一だけだったのだ。そんな工藤を誰も責められはしない。

——責めを負うべき者はほかにいる。

原口の後ろ姿が見えなくなるまで見送ると、明美はあらためて歩き出した。

銀座線、日比谷(ひびや)線、東西(とうざい)線が、きょうの受け持ちだった。

昼過ぎの銀座線は平日でも乗客は多い。午後から雨という予報で、地上では降り始めたらしく、傘を手にしている乗客が目立つ。

立ったまま車内をそれとなく見渡しているうち、母から聞いた話が思い返されてきた。

三木が明美の行動を注意したのをきっかけに、いままで口にしなかった話を母が打ち明けてくれた形だが、電話でなく面と向かってだったらあそこまで話してはくれなかっただろう。母もいつかは話すつもりだったのだろうが、なかなか機会がなかったのかもしれない。

かつて父と三木は、悪意からではなく、それどころか善意から出た行動で他人を死に至らしめてしまった。

それ自体は明美にとってかなり精神的に辛い話だったが、それでも聞けてよかったと感じていた。

そして、おのずとそれは父の記憶へとつながった。

暗い翳はみじんもなく、いつも温和で誰に対しても丁寧に接していた父からは、一ノ倉沢での件を感じさせるような気配はまるでなかった。明美が幼かったから気づけなかったわけではないだろう。ただ、話を知ってから、あらためて父の記憶をたどると、自分からなにごとかを主張したり、他人に命令をしたことはなかったように思う。明美になにかをさせたいときにも、さりげなく促すような具合だった。

それは一見すると「奥ゆかしさ」に見えた。

だが、その底には、偉そうな態度を取る資格など自分にはないという思いがあったのではないか。

父は、そして三木も、自分のしでかした行為の重さをよくわかっていたのだろう。
いや、大半の者は同じ状況に置かれれば、同じように自分を責めるに違いない。
それでも父と三木は、自責の念で落ち込み、自棄(やけ)になって人生を駄目にするのではなく、自分の責めを自覚しつつ、二度と同じ過ちを繰り返すまいと誓い、生きようとしたのだ。

それはいまの三木を見ていればわかる。仕事柄、多くの者を監督する立場ではあるが、思い返してみれば、父にもあった「奥ゆかしさ」が感じられる。そして周囲の者が危険にさらされれば、まっさきに危険な場に踏み込んでいくに違いない。人を死なせてしまったという引け目は、自分の身に危険が迫ったとき怯むのではなく、前に出ていく覚悟につながっている気がする。もちろん、自分が強いなどと思っているからではなく、自分にはあらゆることから逃げ回る権利がないと感じているからだ。

ふだん強そうな態度で偉ぶっている者にかぎって、内面的には本当は弱いのだ。父や三木のような者こそ、本当の精神的強さを持っているのではないか。

三木に面と向かっては口にできなかったが、考えてみれば人を救おうとして死なせてしまった者と、最初から見て見ぬふりで救おうともしない者では、そもそもどちらが人として尊(とうと)いだろうか。

答えはおのずと明らかなように思える。

あちらこちらに考えが飛び、まとまらない頭のまま電車に揺られていると、耳に入れた無線用のイヤホンからふいに緊張した男の声が流れ出した。

——指令室より連絡。警視庁からの要請で、ただいまより全路線を警戒下に置く。繰り返す、警戒下に置く。

緊張が走り、続く連絡で事態が把握できた。

——さきほど、午後一時すぎに銀座四丁目にある宝飾店の事務室に三人組の強盗が押し入り、二億円ほどの現金が強奪された。銃の発砲で従業員二名が重症。犯人は徒歩で逃走し、非常通報で駆けつけた警官が追尾。三名は銀座駅より地下鉄に逃げ込んだが、分散して逃走したため、姿を見失った。見失ったのが一時二十分前後とのこと。銀座線、丸ノ内線、日比谷線の担当は特に注意されたし。犯人は拳銃所持。他の路線に乗り継いでいることも考えられる。乗客の安全を確保するよう、注意を払え。

腕時計に目を落とすと、午後一時半になろうとしていた。

まさにたったいまの出来事だ。

犯人はフランケンたちなのか。

工藤を襲ったあと鳴りを潜めていたから、このまま犯行を思いとどまる可能性もあると思っていたが、ついに実行に移したのだろうか。

逸る気持ちを落ち着かせた。どのみち指令室からの連絡だけでは、まるでわからない。

明美の乗っている列車は赤坂見附駅に到着しようとしている。銀座線で浅草まで行き、折り返しているところだった。

赤坂見附駅に到着すると、明美は列車を降り、事務室に駆け込んだ。

事件の詳細を知りたかった。

事務室にも当然連絡が入っていて、空気が張りつめていた。関係各所に電話をしている者や運行状況の把握や変更などの相談をしている者の顔つきは心なしかこわばっている。

事務員のひとりに声をかけて詳細を尋ねたが、無線以上のことは知らないようだった。

あきらめてホームへ戻りかかると、また無線が流れた。

――目撃情報。犯人のひとりは丸ノ内線新宿方面に逃走した模様。あとのふたりは日比谷線南行北行にそれぞれ乗った模様。緊急配備中の警官が列車に乗車する可能性もあるため、身分を名乗って協力されたし。三人の容貌は……。

両耳に手を当て、聞き逃すまいとする。

――容貌は、猿の覆面をしていたためはっきりせず。ただし、三人とも黒のジャンパーにジーンズ。うちひとりは大柄だったとの情報あり。犯人と思われる者を発見した場合、ただちに報告せよ。

銀座から赤坂見附は約六分。

微妙なところだった。犯人のひとりが丸ノ内線に乗車していたとしても、明美がいまいる赤坂見附をすでに行き過ぎてしまったかもしれない。だが、向かってきつつある可能性もわずかだが、残っている。

フランケンたちの犯行であろうとなかろうと、犯人の逃走を阻止しなくてはならなかった。

日比谷線に乗り込んだ犯人はほかの警備員が警戒するだろう。いま明美にできるのは、丸ノ内線に乗り込んだ犯人を見つけ出すことだ。むろん、赤坂見附に到着する以前の国会議事堂前か霞ケ関で下車している可能性もあるが、明美のすべきことは決まっていた。

すると追加連絡が入った。

——犯人たちが乗り込んだ列車の運行番号は、運行時刻からの推測で、それぞれ以下の通り。乗車している警備員がいれば、車内を点検されたし。丸ノ内線運行番号27。日比谷線……。

番号を聞くと、急いで丸ノ内線新宿方面のホームへ走った。

中野坂上行きが来るとアナウンスが流れ、ホームの中ほどで待ち構えていると、車両がいつもと変わりなく真っ赤な車体を現した。正面に記されている運行番号に目をやる。27だ。

停止した車両から降りる乗客に視線を走らせる。左右を見やって、それらしき姿が降りてくるかどうか、たしかめた。

だが、該当する者はいない。

発車のメロディが流れ、明美は車両に飛び乗った。

ドアが閉じて走り出すのを待たず、最後尾に歩いて行った。ワンマン運転だから車掌はいないが、こういう場合は車掌と連絡を取って、後ろから順に乗客を確認する手順だった。

急いで折り返して前方へ行かなくてはならない。最後尾をさっと見渡して終わらせようとした途端、明美は目を見張った。

頭ひとつ飛び出した姿が車両のいちばん後ろに立っている。乗客に顔を見られたくないのか、背を向けていた。

何気ない風を装いつつ、その後ろ姿に目を凝らした。まさかと思った。だが、間違いない。防犯ビデオに映っていた後ろ姿、工藤のアパートから走り去っていった後ろ姿。

それとまったく同じだった。

確信しつつも、信じられない思いだった。要一が導いてくれたというほかない。

黒のジャンパーにジーンズ。右手をジャンパーに突っ込み、左手には大きなボストンバッグを提げていた。

明美は乗客に気づかれぬようブレスレットに見立てた送信マイクを口元に近づけ、無線連絡を入れた。

「犯人」と口にすれば、周囲に聞かれてしまう可能性もある。こういうときのために警備員にだけ通じる言葉があった。

「マルケイ、丸ノ内27の最後尾」

わずかに間があってから、応答があった。

――警備員の名前と所属を。

明美が答えると、今度はすぐに声が返ってきた。

――了解。以後、この無線は全警備員に通じるようにした。付近にいる警備員は丸ノ内線の警備に向かえ。穂村警備員の援護を要請する。新宿駅で警察が車両に乗り込む。それまで穂村警備員は監視を継続。くれぐれも手出しをしないように。

六

だが、男は新宿駅に着く前に新宿三丁目駅で降りてしまった。

続いて降りた明美は、ぴたりと男の背後について改札を出た。男は地下通路を新宿駅の方に向かって歩いている。警備の目をくらますためにひとつ手前で降りたのだろう。

生暖かい通路を歩きつつ無線連絡を入れる。

――了解。新宿三丁目だな。気をつけろ。すぐに警察が来る。

すでに外は雨が本降りなのか、人の行き来が多い通路は濡れてしまっていた。だが、前後を見ても、警官の姿はない。警官がひとりもいないのでは、明美が尾行していることも伝えられない。

地下通路は途中で地上へいくらでも出られる。新宿駅に行くとは限らない。新宿駅に向かったとしても、地下鉄以外にＪＲ線と小田急線、京王線がある。地下通路を抜けられてしまったら、乗客にまぎれてあっさり逃げられてしまう可能性が高かった。

拳銃を持っていると無線では言っていた。手出しをするなとも命じられた。そんなことはわかっていた。

しかし、これだけは確認せずにいられなかった。

明美は無線のイヤホンを外してバッグに入れると、迷うことなく男の真後ろに駆け寄って声を張り上げた。

「待ちなさい、フランケン」

この綽名(あだな)に反応しないなら、要一を殺した犯人ではないかもしれない。背格好がそっくりな別人に違いなかった。

すっと男の足が止まり、ゆっくりと後ろに顔を向けてきた。

一見すると、どこにでもいる二十代半ばの男だった。フランケンという綽名は背が高いからというだけのようだ。どことなく大人しそうな顔つきは、強盗や殺人に手を染める印象ではなかった。地下鉄の乗客として見れば、まったく警戒も注意もする必要のない人物かもしれない。

一瞬、人違いだったのではないかとまで思った。

だが、その視線には、かすかに冷酷(れいこく)なものがあった。

やぶにらみなのか、いぶかしそうにしているだけなのか、男の視線は焦点が合っていない。

そのぼんやりした目が明美に向けられた。

「なんだ、おまえ」

馬鹿にするように鼻で笑った。強盗をして逃げているとは思えないふてぶてしさが感じ取れた。

「フランケン。それがあなたの綽名よね」

「知るか」

「本当の名前はなんていうの」

明美を無視して答えないまま歩き出そうとする男に、さらに言葉を投げつけた。

「工藤三郎から全部聞いたのよ」

歩みが止まり、ふたたび身体を向けてきた。

さきほどと違い、目に警戒感めいたものが浮かんでいた。

「おまえ、誰だ」

「それはこっちの台詞(せりふ)よ。名前を言いなさいよ」

「うるせえ。誰だって聞いてんだよ」

一歩前に出てきた。

「三年前、殴り殺したのはあんたね」

行き交う者の何人かが明美の声にちらりと視線をやったが、痴話喧嘩だと思って、しらけた顔で通り過ぎる。

「知らねえな」

とぼけた調子に怒りがこみ上げ、明美は両手に力を込めた。

「あんたが的場要一を殺したのよ」

「知らねえって言ってるだろ」

「指輪を返しなさい」

その言葉で、やっと理解したらしい色が浮かんだ。だが、それはすぐに嘲（あざけ）りに変わった。

「そういうことかよ。あいつから指輪もらえなくて未練たらたらってか」

「ふざけるな」

自分でも思っていないほどの怒声が出た。

だが、男は鼻を鳴らしただけだった。

「工藤から聞いたって言ったな」

「そうよ。あんたが殺そうとした工藤よ」

「三年前に始末しとけばよかったよ。あんなゴミ野郎、口止めしても信用ならねえからな」

「だから見つけ出して始末しようとしたのね」

「そういうこと」

かったるそうに答えた。

「残念ね。工藤は助かったわ」

興奮したのか、男は歯を剝きだしにした。

「いいか。おれは金に困ってた工藤を助けてやってただけだろうが。それを偉そうに辞めさせろとか言いやがってよ。ヘドが出そうだぜ」

男の剣幕を無視して、明美は冷静に告げた。

「あやまりなさい。この場でぶち殺してやってもいいんだ」

「なめんなよ。この場で要一にだけじゃない。工藤にも、わたしにも」

ジャンパーのポケットに入れていた右手が、明美のわき腹あたりにあてられた。固いものがそこにはあった。

「さっきひと仕事してきてな。拳銃だ。脅しじゃない」

「知ってるわよ」

その返事に、男は意外そうな顔になった。

「おまえ、サツか」

「さあ、どうかしらね」

この場に突然明美が現れたことの不自然さに思い至ったらしく、男はあわてて左右に目を走らせた。

右手をさらに明美のわき腹に強く押しつけた。

「そういうことなら、おまえは人質だ。逃げられるまで一緒に来てもらおう」

警官はまだか。

明美は視線を前方にやったが、行き来する客ばかりでその姿はない。イヤホンはバッグに入れてしまったが、左腕にあるマイクは生きている。形見の腕時計がカムフラージュの役割を果たしてくれていた。指令室に状況は伝わっているはずだ。

通行人を巻き込まないためには、この場を動かなくてはならない。

「わかった。行くわよ」

男は明美を右側に立たせ、拳銃を押しつけたまま歩き出した。

「変なこと考えるなよ。普通に歩くんだ」

「どこへ行くつもりよ」

「どこでもいい。黙ってろ」

「そのバッグ」

わざとらしく視線を向けてみせた。

「お金が入ってるのよね。一億くらい」

男は答えなかった。

「仲間のふたりはどうしたの」

「黙れって言ってるだろう」

凄みをきかせた声で言い、睨んできた。両手がふさがっていなければ、襟首（えりくび）に摑みかかってきたかもしれない。

「いいか、これ以上口をきいたらぶち殺す」

ここで発砲したら、窮地に陥るのは男の方だ。

口にはしなかったが、そういう意味合いを込めて見上げると、男はいらついたらしく、舌打ちをし、わき腹をつついた。

「おめえの男を殺してるの忘れるなよ。もうひとり始末するくらい屁でもねえんだ」

——忘れるはずもない。

明美はそう思いつつ、あらためて歩き出した。

地下通路はさほど長くはない。あと少しで新宿駅に到着してしまう。

そのとき、前方から制服警官がふたり、やってくるのが目に入った。長身の男には目を向けているが、「女連れ」には注意を払っていないようだ。地下鉄の指令室からまだ連絡がいっていないのか。ふたりは右端を歩いている明美たちとは反対の端を歩いてくる。ここから声を張り上げたとしても、その次の瞬間には撃たれているだろう。

いまごろになって、汗が背中を伝い落ちるのを感じた。

この男なら、ためらいなく撃つに違いない。

「あきらめな」

そ知らぬふりをして、男が小声で言った。

明美は行き過ぎる警官を目で追うのをやめた。

地下通路が終わり、駅構内に続く地点まで来てしまった。

「どの線に乗るつもりよ」

答えないまま、男は駅構内の方へと進んでいく。

こうなれば、行くところまで行くしかない。

そう腹をくくったとき、ふいに視界の中に見覚えのある顔が入ったような気がした。あらためて目を凝らすと、それは町村（まちむら）の顔だった。

こちらに気づいているのかいないのか、わからない。手に茶色の紙袋を抱え、通路を小走りに向かってくる。

声をかけるわけにはいかなかった。このまま気づかずに通り過ぎてくれないと、町村まで巻き込むことになる。

だが、そんな思いと裏腹に、町村は明美の方に近づいてきた。つい目の前までやってきたとき、そこでつまずいて紙袋を落とした。

「あら、いけない」

紙袋からこぼれ落ちたのはいくつものミカンだった。それが八方に転がっていく。

明美と男の前にも、三つばかり転がってきて止まった。

男は歩みを止め、冷ややかな目でミカンを見下ろしている。

中腰になって明美たちの前に来た町村は、ミカンを拾い上げて身体を起こした。

「すみませんねえ」

にんまり笑うと同時に、男に体当たりをかけた。

明美と男を分けるように飛び込んできたが、図体が大きい男はよろけただけで、反射的にポケットから拳銃を取り出そうとしている。

「逃げて」

明美が町村を突き飛ばして叫んだのと、銃声が一発轟いたのが同時だった。

弾丸が通路にはじけた。

体勢を取り戻した男は、すぐさま銃口を明美に向け、引き金を絞った。

――撃たれる。

覚悟を決めた瞬間、その銃口は天井に向けられていた。

また銃声が轟き、天井に跳ね返る。背後から男の腕を取った者がいた。

三木だった。

なぜここにいるのかと思う余裕はなかった。

男は反射的に左手に持っていたバッグを離し、拳銃を奪われまいとして三木と揉み合いになった。そう見えたとたん、摑まれた腕を引き剝がし、三木を突き飛ばした。踏みとどまった三木に、銃口が向く。

考えるより先に、明美は男の右腕に飛びかかっていた。

三度目の銃声が轟いた。

耳元で発砲されたせいで、飛び込んだ明美の聴覚は麻痺し、そのまま男に振り払われた。通路に倒れ込みつつ、三木の姿を探した。

だが、一斉に周囲から男に駆け寄っていく数人の人影が、それを遮った。数人の人影は、素早く男から銃を奪い取り、その腕をひねり上げると、一瞬で男を通路に押し倒していた。

呆気(あっけ)に取られるほど、一連の動きはわずかの時間だった。

不安にかられた明美は立ち上がると、三木がいたはずの場所へ目を向けた。そこには左腕をかばうようにして立ち、犯人を見下ろしている三木の姿があった。スーツの袖から血がしたたっている。

明美はとっさに駆け寄っていった。

「怪我はないか」

大きく息をつきながら、三木が先に尋ねてきた。すでに聴覚は戻っていた。明美はうなずきつつ、三木の左腕に目をやった。

「三木さんこそ」

「いや。かすり傷だ。それより、あの男なのか」

三木の視線があらためて押さえつけられている男に向けられた。

「間違いありません」

「そうか、よかった」

いったいどうなっているのか。

その問いを明美が発する前に、町村が走り寄ってきた。

「三木さん、怪我してるじゃないの。早く手当しないと」

そう言って、町村は近くにいた若い女性に声をかけ、三木を連れていかせた。

「あんたは怪我ないよね」

町村が両手を何度かはたきながら、呆然としていた明美に笑いかけた。

「あの、いったい」

「なによ、わかんないの。みんな警備員だってば」

あらためて明美は男を取り押さえている数人の男女に目をやった。主婦、学生、男女の会社員、などなど、一見するとそうとしか見えない者ばかりだった。

ただの通行人だとばかり思っていたが、それが自分の仲間だったとは。

指令室からの無線で、周辺にいた警備員が集結していたのだ。町村がその中にいて、たまたま新宿の詰所に用事で来ていた三木の指示で明美を助けると同時に男を確保する計画を立てたらしい。

そこまで聞いて、一気に身体から力が抜けた。

「おっと、いまごろになって腰ぬかさないでよね」

膝を折って崩れかかるのを、町村が支えてくれた。

――やっと、捕まえた。

いや、捕まえたのは、自分ではない。三木が、仲間が犯人を捕まえてくれたのだ。

そう思いつつ、ねじ伏せられている男にもう一度視線をやった。顔を泥まみれにして観念している姿に怒りは感じなかった。それは侮蔑(ぶべつ)に似た感情だった。

何人もの警官が駆けつけてきて、男に手錠をかけた。

ひとりでに涙があふれてきた。

私服警備員の女性に連れられて駅の方に歩いていく三木の後ろ姿が、かすんで見えた。

七

新幹線は新大阪を過ぎた。

冬の晴れ上がった空がまぶしい。

明美は、座席で軽く伸びをした。もうすぐ新神戸に着く。駅には要一の両親が迎えに来てくれているはずだ。

犯人逮捕の日から、二週間が過ぎている。めまぐるしい二週間だった――。


逮捕された主犯の名前は、片桐厚(かたぎりあつし)。

振り込め詐欺グループの中核だったが、もっと手っ取り早く稼ごうとして強盗を思いついたらしい。

宝飾店の宝飾ではなく、事務室に置かれている現金を強奪するというのだから、かなり計画性があった。

当初、片桐は三年前の的場要一殺害の発覚を恐れ、出所した工藤三郎を見つけ出して仲間に引き入れるつもりだった。自分の監視下に置いておくことで密告を防ごうとしたのだ。だが、見つけ出した工藤三郎は強奪計画に加わることを断り、ふたたび逃げ出そうとしたため、殺害してしまおうとしたようだ。

しかし、明美と中窪が事情を聞きに工藤のアパートに現れたため、口封じができたかどうかはっきりしないまま逃げ出した。埼玉県警もマスコミに工藤の容態を公表しないように要請していたから、生死がわからない。

そのため、しばらく様子を見てから計画を実行に移したのだ。

自供によれば、そういうことだった。

もともと半グレのひとりで振り込め詐欺のリーダーだったが、手下を操るのが巧みで、自分の上に本当のリーダーがいると信じ込ませ、その架空のリーダーからの命令だといって手下を動かしていた。

つまり、片桐本人が自分の命令をきかない者には「上からの命令」といって制裁を加えたり、分け前を勝手に決めたりしやすいようにしていたということだ。部下からの敵意をたくみに自分からそらして他人をコントロールし、支配していたのだ。逮捕は今回が初めてだったが、片桐が犯した犯罪を周囲の者になすりつけてみずからは逮捕をまぬがれていた節もあるそうだ。

警察ではそのあたりも徹底的に調べるつもりだと中窪が教えてくれた。

むろん、的場要一の殺人についても取り調べをすることになる。

残りの犯人ふたりのうち、ひとりは秋葉原周辺で職質をかけられて逮捕され、もうひとりも恵比寿駅で地下鉄警備員の通報で逮捕された。

三木の怪我は、本人の言った通りかすり傷で、全治一週間だった。

犯人逮捕の翌日、欠勤もせず勤務に戻っていた三木に、明美は詫びた。

あまりにも無謀だったという自覚があったからだ。無茶はいけないと言われたそばから、無茶をしてしまった。それだけでなく三木に救われたのだから、当然だった。

「無事でよかった」

三木はひとこと、そう言っただけだった。だが、それは人命を第一に重んじている者だからこその言葉だ。

かつて明美の父とともにひとつの命を救えなかった三木にとって、明美を救ったことで「罪滅ぼし」になったなどとは思っていないだろう。一生かけて償っていこうと決めているはずだ。明美の一件は、そのひとつに過ぎない。

そう思うと、顔を合わせている明美の方が苦しくなってしまうが、それが三木の生き方なのだ。他人があれこれ言う筋合いはない。

他人の命も自分の命も重んじること。

三木が口にするからこそ、明美にもずしりと響くものだった。

事件が解決した夜、明美はすぐに要一の母に電話をかけた。

犯人が逮捕されたことを知ると、要一の母は電話口でしばし声を抑えて泣いていた。そして、命日にはぜひ来てくれるようにと明美に言ってくれた。

――これをきっかけに「区切り」をつけよう。

そのとき明美はそう心に決めた。

ひとつの事件が解決したからといって、地下鉄は一日も休みはしない。

三木同様、明美も翌日から通常勤務に戻り、「エルニーニョ」の飲み会もいつものように続けられた。

自分の抱えていたわだかまりを町村たちに打ち明けようという気持ちになったのも、「区切り」をつけると決心したからだった。

話すことで、重荷を下ろせたようでもあった。

奥野も同じように身の上を打ち明け、迷っていたが仕事を続けることにしたと全員の前ではっきり口にした。

「穂村さんのおかげで、やっていく決心がついたわ」

そう言われたが、かえって明美の方こそ奥野の悩みを聞くことでみずからを振り返る機会になっていたのだ。

「ま、あたしもいろいろ悩んでるけど、その話はこんどね」

「もういいよ、男の話は」

原口が冗談めかして言うと、町村があっさりといなした。

もちろん、原口にしても町村にしても、抱え込んでいることはあるに違いない。それを口にするかどうかは問題ではなかった。聞いてくれる相手が隣にいてくれるかどうかなのだ。

これからもこの仕事をやっていこうと四人で乾杯したとき、明美は自分がやっと新しい道を見つけたように思えた。

ただ、そのときになにかしら「淋(さび)しさ」も感じたのだったが……。


――アナウンスが、新神戸に到着すると告げた。

明美は物思いから覚めた。

こうして神戸に近づくにつれ、あのとき感じた「淋しさ」の理由が、なんとなくわかった気がする。

それは要一の死を自分が受け入れたせいなのだ。いままでは突然の死が受け入れられていなかった。

だが、それを受け入れたからこそ、「淋しさ」が湧き上がってくる。

墓前で両手を合わせ、淋しいと告げたら、要一はどういう返事をしてくれるだろうか。

――だからこそ、新しい道を進め。

きっとそう励ましてくれるに違いない。

新幹線は速度を落とし、新神戸の駅にすべり込んでいく。

本書は「WEB文蔵」で二〇二三年七月〜十二月に連載した「サブウェイ」を改題し、加筆・修正したものです。

〈著者略歴〉
佐野広実（さの　ひろみ）
1961年横浜生まれ。1999年「島村匠」名義で第6回松本清張賞を受賞。2020年『わたしが消える』で第66回江戸川乱歩賞を受賞。同調圧力をテーマとする受賞後第一作『誰かがこの町で』が大きな話題となる。他の著書に『シャドウワーク』『戦火のオートクチュール』がある。『新青年』研究会会員。

サブ・ウェイ

2024年9月24日　第1版第1刷発行

著　者　佐野広実
発行者　永田貴之
発行所　株式会社ＰＨＰ研究所
東京本部　〒135-8137　江東区豊洲5-6-52
文化事業部　☎03-3520-9620（編集）
普及部　☎03-3520-9630（販売）
京都本部　〒601-8411　京都市南区西九条北ノ内町11
PHP INTERFACE　https://www.php.co.jp/

組　版　朝日メディアインターナショナル株式会社
印刷所　株式会社精興社
製本所　株式会社大進堂

ISBN978-4-569-85769-5